書下ろし

悪漢刑事《わるデカ》の遺言

安達 瑶

祥伝社文庫

目次

プロローグ

　深夜の国道を、一台の乗用車が走っていた。

　濃紺《のうこん》の高級セダン。

　田舎《いなか》とはいえ県の南北を結ぶ幹線で、大型トラックはもちろん、乗用車の通行量も多い。だが、セダンは、次第に蛇行《だこう》をし始めた。大きく膨《ふく》らんで対向車線にはみ出ては、慌《あわ》てたように元の車線に戻る。前方の車を煽《あお》るように車間を詰める。左右にジグザグ運転をして、また対向車線にはみ出す。前の車を追い越そうとしているのかと思えばそうではなく、また自分の車線に戻る。

　この異常な運転ぶりを、取り締まりの警察官が視認した。この国道は事故も多いので、パトカーが潜《ひそ》んで監視していることがある。

「飲酒ですね、間違いない」

　ハンドルを握る若い巡査はアクセルを踏み込み、横路から勢いよく飛び出した。

「おい、和久井《わくい》！　慎重にいけ。事故るな！」

中年の交通課巡査長が助手席から和久井巡査に声をかけた。

「マル追《つい》の最中に事故を起こすな」

「了解」

そう言いながら和久井巡査はサイレンを鳴らし回転灯を点《つ》けてスピードを上げた。

周囲の車は途端にスピードを落としてパトカーに道を譲《ゆず》る。

巡査長は警察無線のマイクを握《にぎ》った。

「鳴海《なるみ》十から本部へ。鳴海市畠《はたけ》の台《だい》四丁目の国道で飲酒運転とみられる不審車両を発見。現在、時速八〇キロで南方向に進行中。三号照会を求める」

『本部から鳴海十。ナンバーをどうぞ』

「鳴海十から本部。徳は－＊＊＊＊。濃紺のトヨタクラウン。かなり危険な運転が進行中。緊急配備《キンパイ》を求める」

『本部了解。本部から各局、現時点をもって国道五十五号線、鳴海市畠の台から南に五〇キロ圏に緊急配備を発令する』

和久井はいっそうアクセルを踏み込み、蛇行しつつ暴走するクラウンにぴったり尾《つ》けた。

「イキがったガキですかね？　クソガキが酔っ払って親の車に乗ってるとか？　それともヤク中のヤクザか？　どっちにしても一刻も早く止めなければ」

「前方の徳は－＊＊＊、濃紺のトヨタクラウン、今すぐ止まりなさい！　すぐ車を止めなさい！」

巡査長がスピーカーを使って呼びかけるが、クラウンは全く減速しない。

それどころか、またも対向車線に飛び出して大型トラックと正面衝突しそうになった。大型トラックが耳をつんざくようなクラクションを鳴らしライトをハイビームにする。トラックがぎりぎり回避したので、クラウンはすれすれのところを通り抜けた。しかし大型トラックの方はガードレールに接触し、ぎゃぎゃぎゃと大きな音を立てて擦《こす》りあげていく。

沿道には、田舎とはいえ深夜営業をしているファストフードや大型量販店、パチンコ屋などが建ち並んでいる。衝突事故や横転事故が起きると車両が店舗に突っ込んで大惨事《だいさんじ》になるだろう。

「応援はまだですか！」

和久井が怒鳴るように言った。

「おい。あんまり深追いするな。二次事故を起こしたらたまらん」

「そんなこと言って、あいつを逃がしてもいいんですか！」

和久井巡査は、獲物を追うハンターの顔になっていた。絶対に逃がさないと顔に書いてある。

「国道を車両で封鎖しないと逃げられますよ！」

「本部が緊急配備を発令したんだ。これ以上追い込んで事故らすな」

しかし濃紺のクラウンはスピードを上げ、前を走る車を次々に追い越してゆく。車線も完全に無視だ。対向車が急ブレーキをかけてくるりと一回転した。既《すで》にかなりの混乱を起こしている。

「おい、そろそろマル追、打ち切れ。あとは交機に任せよう」

しかし和久井は上司を無視して、あくまで追い続ける。

「なんとかあいつの前に出れば、止められると思うんです！」

「だが、あの車はこっちの進路妨害をして対向車線に膨らむぞ。そうしたら正面衝突だ」

「そうはさせません」

巡査はスピードを緩《ゆる》めようとはしない。

沿道の店舗は途切れて田畑が広がる。闇の中に道路照明灯がめまぐるしく現れる。対向車のライトも突き刺すように光を放ち、目の前に迫ってくる。

光だけではない。クラウンが車線からはみ出るたびに、対向車のクラクションが咆哮《ほうこう》する。ドップラー効果を伴って「ふぁ〜〜〜ん」と耳をつんざいてはフェイドアウトする。

「おい！　一二〇キロを超えてるぞ！　追い詰めるな。テキは逃げようと必死だ。追えば追うほど飛ばして事故るぞ！」

巡査長は和久井を叱咤《しった》したが、和久井がブレーキを踏む気配はない。

「あれは単純な飲酒運転じゃないかもしれんぞ。クスリか、それとも急病か……」

巡査長の言葉には応《こた》えず、和久井は無言のままハンドルを握り続ける。

クラウンがまたもフラフラと対向車線に出た。対向車が急ブレーキをかけたが、続いて金属が思いっきりぶつかる衝撃音が響き渡った。

追突事故が起きたのだ。

「おい和久井！　これは命令だ！　追跡中止！　危ないだろ！」

「しかしあの車はまだ事故を起こしますよ！」

「いいからやめろ！　追跡は中止だ！」

巡査長はそう言って、ハンドルに手を伸ばし、パトカーを路肩に寄せようとした。

国道の前方に分岐が見えた。最近開通したばかりの高速道路の出口だ。

濃紺のクラウンが急ハンドルを切った。躊躇《ちゅうちょ》なく高速道路の出口に侵入して昇っていく。

「いかん！　逆走だ。これはいかん！」

巡査長が慌てて警察無線のマイクを取った。その時。

高速道路の本線で、再び金属がぶつかる衝撃音と同時に、何かが爆発する激しい音、そしてクラクションの大音量が響き渡った。

周囲の空気と地面が震え、噴き上がる炎が闇を鮮やかに染めた。

高速道路を逆走したクラウンが、ついに正面衝突事故を起こしてしまったのだ。

「現認《ゲンニン》だ！　現場に向かえ！」

高速出口から侵入したパトカーが本線に向かうと……。

果たして、大型トラックと正面衝突した濃紺のクラウンが大破して火災を起こしていた。クラクションが鳴り続けて止まらない。

被害に遭《あ》ったトラックの運転手が、加害車両であるクラウンのドアを開けようとしていた。加害運転手を助けようとしているのだ。

「中の人が燃えちまう！」

パトカーから飛び降りた巡査と巡査長は消火器で火を抑《おさ》えつつ、割れたフロントガラスを完全に取り払い、血に染まってグッタリしている運転手を引き擦り出した。

意外なことに若者でもヤクザでもない、きちんとした身なりの中年男性が、息も絶え絶えの状態で路上に寝かされた。

「こんなオッサンが……何やってるんだよ！」

和久井巡査はクラウンを暴走させていた男の息を嗅《か》いだ。

「酒気帯びではないようです……何やってるんだよ、このオヤジ！」

そう言って瀕死《ひんし》の運転手を蹴った。

「おいお前、何をするんだ！」

巡査長は反射的に和久井を突き飛ばし、若い巡査の頬《ほお》を立て続けに拳《こぶし》で殴った。

「お前、何をやったか判ってるのか！　お前が煽って追い込んだと言われても仕方ないんだぞ！」

「そんな事はないでしょう！　こいつは警告を無視して危険運転を続けたんですよ！」

警官同士が言い争ううちに、遠くからパトカーと救急車のサイレンが聞こえてきた。

第一章　佐脇《さわき》、弟子を取る

鳴海市で一番大きな病院と言えば、国見《くにみ》総合病院だ。

その待合室に、風采《ふうさい》の上がらない中年男が座って診察の順番を待っている。髭《ひげ》はあちこち剃《そ》り残してあるし、髪も整っているとは言いがたい。安物のスーツにヨレヨレのネクタイは往年の名刑事・コロンボ以上にだらしない。

酒とタバコと女を愛し、無頼漢《ぶらいかん》に医者はご無用と、絵に描いたような不摂生《ふせっせい》を続けてきたこの男だが、これまでは不思議に病気ひとつしなかった。しかしついに肉体の耐用年数が来たのか、このところずっと、みぞおちから腹部に不快な鈍痛《どんつう》がして、消えないのだ。

吐き気もするので胃炎か胃潰瘍《かいよう》か胃痙攣《けいれん》かと勝手に判断して、痛み止めを服用しても胃腸薬を飲んでも、一向によくならない。医者嫌いの彼としても、ついに我慢出来なくなり、ようやく重い腰を上げたのだった。

「胃、ですか？」

胃カメラの結果を待っていると、隣に座った男が声を掛けてきた。痩《や》せぎすで不景気な顔をした、なんだか死に神のような男だ。

「まーあれでさァね。昨今のこの御時世《ごじせい》じゃ胃の一つや二つおかしくなって当然でね。特に我々の年代は上と下との板挟み。家に帰れば帰ったで、女房子供の不満顔。口座の残高は気になるし、明日も会社はあるのか、ってね」

不機嫌《ふきげん》そうな男が返事をしないのに、隣の男は構わず喋《しゃべ》り続け、診察室に入っていく初老の男を顎《あご》で示した。

「あの男は胃潰瘍と言われてんですけどね、アタシの睨《にら》んだところでは……ずばり、胃癌《がん》」

その人物を目で追いながら、隣の男は大きく頷《うなず》いた。

「医者はたいてい、軽い胃潰瘍っていうんです。手術の必要はない、ともね。消化に悪いモンじゃなけりゃ何食ってもいいって言われたら、長くて、一年。でも、自覚症状が出てきたらアナタ」

耳学問か知ったかぶりか、自分の知識をひけらかす男が鬱陶《うっとう》しくなり、不機嫌な男は鈍痛がする腹部をいたわりながら席を替わろうとした。だが、自分の知識を喋りたくてたまらないのか、隣の男はすり寄ってきた。

「胃が重いように痛い。気持ちの悪い冷や汗が出る」

中年男はぎくっとして長椅子《ながいす》に座り直した。

「舌が乾いて、やたらに水分を摂る。それから下痢《げり》。医者は明るく腹部エコーやMRI、胃カメラをオーダーするけど、それは言い訳みたいなものでね。結果はもう判ってるんです」

むさ苦しいなりの不機嫌な男は、唾《つば》を飲み込み、ようやく口を利いた。

「……ワタシの症状とは少し違いますが」

かろうじて、ぼそっと言った。

「アンタはそうやって他の患者を脅《おど》かすのがご趣味なのかな？」

男の鋭《するど》い眼光に、隣の死に神のような男は言葉を飲み込んだ。

「みぞおちから下腹部が痛い。よじれるように痛い。冷や汗も出るし吐き気もする。寝て誤魔化《ごまか》そうとしても痛くて眠れない。というか、痛くて大人しくしてられない。ネットで調べると心筋梗塞《しんきんこうそく》とか大動脈解離《だいどうみやくかいり》とか、そういう恐ろしい病気も似たような痛みがあると書いてある。さあ、どうだ？　ワタシの病気はなんですかね？」

むさ苦しい男が攻め込むと、死に神のような男は持参したスポーツ新聞に顔を埋《うず》めた。

「おれも、心を入れ替えて、子供たちが遊ぶ公園でも作った方がいいんですかね？」

問い詰められた男は、そのままコソコソと待合室から逃げ出した。

「佐脇《さわき》さん。佐脇耕造《こうぞう》さん。三番診察室にどうぞ」

佐脇と呼ばれた男が診察室に入ると、若い医者が笑いかけた。

「消化器外科の工藤《くどう》です。ヨロシク。おや佐脇さん。不死身で医者嫌いの佐脇刑事が、これまたどういう風の吹き回しで？」

国見総合病院は鳴海署の指定医で司法解剖《かいぼう》も担当しているので、ここの医者はだいたいみんな佐脇を知っている。

「アナタが病院に来るということは、相当痛いんでしょう？」

佐脇は、痛みについて具体的に訴えた。

問診の後、触診をした工藤医師は、明るく言った。

「おそらくは胆嚢炎《たんのうえん》ですね。どうも感じとしては慢性みたいですけど、以前にもこういう痛み、あったでしょう？」

「胆嚢？　胃じゃないんですか？　もしくは心臓とか。ネットで調べると恐ろしい病気がたくさん並んでるんだけど」

「いやいや」

工藤は即座に否定した。

「最近はすぐ調べられるから、患者さんの方が妙に詳しいんですけどね。心筋梗塞とか大動脈解離だったら、佐脇さんはもうとっくに死んでます。だから、違います」

「心臓じゃないなら胃とか？」

「それは、精密検査をしてみないとハッキリしたことは言えませんが。僕は、胆石が胆管を塞いで炎症を起こす胆嚢炎だと思いますけどね。この際だから手術して取ってしまいましょう」

「取るって……胆石をですか？」

「いやいや、胆嚢全体を、です。今は腹腔鏡《ふくくうきょう》手術で簡単に取れますから」

そう言った工藤医師は明るい声で「血液検査をして、腹部エコーとMRIを撮りましょう。胃カメラも」と言い放ったので、佐脇は着ようとしていた安物のジャケットを取り落としてしまった。

「胃カメラはもう撮ったんだ」

それを聞いた医師は、ああそうだったとデスク上のモニターに、佐脇の胃カメラの画像を表示させて、無言で見入った。

「先生。ハッキリ言ってくれ。おれは胃癌なのか？　できるのか、手術は？」

「あ〜、胃は大丈夫です。問題ないようです」

佐脇は全然納得していない顔で、医師を見返した。

「ですから胆嚢切除手術をお勧《すす》めしますが、すべては精密検査をしてからです。とりあえずは、何を食べても結構です。ただし、消化に悪いものでなければ」

追い討ちをかけるように医者に言われ、佐脇の表情は凍《こお》りついた。

呆然《ぼうぜん》としたまま採血をされて腹部エコーを撮り、やたらうるさい機械の中に入れられて

ＭＲＩを撮り、「結果は来週」と言われて病院を出た。

タクシーに乗って鳴海署に向かう道中で、佐脇は思い出した。

あの病院は、絶対に本人に癌告知をしないことを。そして診察室を出る時にドアの隙間《すきま》から、「早くて一カ月」という言葉を聞いたことを。


佐脇は、内心動揺しつつも何食わぬ顔で出勤した。

「よ。相変わらず重役出勤だな。もう昼過ぎだぞ」

刑事課長代理の光田《みつだ》が声をかけてきた。

佐脇の勤務態度は劣悪《れつあく》だ。朝八時三十分の朝礼に間に合ったためしがない。

「おれが平常運転なのは事件がないからで、それは鳴海が平和だってことだ。警察が要らない、理想の社会だな」

佐脇はそううそぶいて、病院に行っていたことは隠した。

「そういや署長が捜してたぞ」

光田はそう言ってニヤリと笑った。

「署長が？　おれに何の用だ」

「この前、危険運転をしていた車をとことん追跡して、あげく事故らせたヤツがいただろ」

「ああ。交通課の若い野郎だな」

鳴海署のような小さなところでは他所《よそ》の課のことでもすぐに知れるのだが、佐脇の悪名は悪名過ぎて県警全体に知れ渡っているし、日本の警察の総本山である警察庁にすら知られている。

「その若いのが刑事課に来るらしいぜ」

「馬鹿言うな。刑事になれるのは警察官の中でも選《え》りすぐりの優秀なヤツだけ……」

と佐脇が言いかけたところで光田が爆笑した。

「おれもお前も、刑事やっててていいのだろうか？　そうは思わないか？」

柄にもなく殊勝《しゅしょう》なフリをする佐脇に、光田は笑いを堪《こら》えて、言った。

「いいんだよ。おれたちは優秀なんだから。署長は今、署長室にいる。行ってこい」

「おれには時間がない」

そう言われた光田は「はぁ？」と呆《あき》れたような声を出した。

「遅刻常習者がナニを言ってるんだ。行け行け行ってこい」

光田に送り出されるようにして、佐脇は署長室に入った。

署長のデスクの前に立っている若い男が目に入った。直立不動でがっしりした、まさに警官の鑑《かがみ》のような体型で、真面目《まじめ》そうな顔をしているが、少し不貞腐《ふてくさ》れているようでもある。頬や鼻に大きな絆創膏《ばんそうこう》が貼られて、目の周りが紫色になっている。

「おお、佐脇巡査長。相変わらずの遅い出勤で。ご苦労なことだな」

佐脇を見て、署長の椅子に座っていた中年男が立ち上がった。前の署長・皆川《みながわ》警視は珍しくも美人の女性署長で佐脇としては中々気に入っていたのだが、先の異動であえなく交代してしまった。

鳴海署の署長は毎年のように交代するので、佐脇は新しい署長の顔も名前もよく覚えていない。日頃会うことも少ないし、鳴海署では署長指揮の捜査本部《ちょうば》もそうそう立たない。朝礼にも佐脇は出ないし訓示も真面目に聞きはしない。

一時は鳴海署の署長は「定年前の最後のご奉公ポスト」と呼ばれていたらしい。署内のもろもろの責任を取って辞職するのが最後の仕事という意味だ。定年を目前にした署長がカメラの前で頭を下げて謝罪すれば、辞職後の再就職が優遇される。

その辞職の原因を作るのは佐脇の「独壇場《どくだんじょう》」なのだが。

今の署長は定年前には見えないが、前任のポストなどはまったく知らない。

「少々異例のことなのだが、ここにいる交通課の和久井巡査を刑事に登用しようと思う」

署長は隣に立つ顔に絆創膏を貼った若い男を一瞥して、言葉を切った。

佐脇は無言で、その先を待った。

「和久井巡査はやる気充分で以前から刑事課への配属を希望していたし、被疑者の検挙率も良好で、捜査専科講習を受ける選抜試験にも合格している。勤務が多忙《たぼう》で講習はまだ受けていない……んだよな?」

署長が訊《き》くと、和久井巡査は「その通りであります」と答えた。

佐脇は思わず口を挟《はさ》んだ。

「しかし署長。自分の時と制度が変わってるのかもしれませんが……講習を終了しないと刑事になる資格が得られないのでは?」

「そんな事は判っとる!」

署長は佐脇の反論を即座に切って捨てた。

「だから署長推薦《すいせん》だ。今回は署長である私が自ら推薦するという形で、例外的に『刑事見習い』として和久井に実地研修をさせることになった。その研修の結果を見て、正式に刑事に登用するかどうかを決める」

「しかし、そこまでして、この和久井巡査を優遇する理由はあるんですか? 和久井巡査は無謀な追跡をして被疑者を追い詰め、結果、事故に至らしめたんじゃありませんか?」

「無謀運転をしている車両に再三停止を命じたが聞き入れられなかったため和久井巡査は追跡をした。適正な職務執行だったと考えていると私が記者発表した以上、適正な職務遂行であり追跡だったのだ」

佐脇は首を傾《かし》げた。

「解《げ》せませんねえ。そこまで和久井君を庇《かば》うについては、裏で莫大《ばくだい》なカネが動いたとか、和久井君が超有力者のご子息だとか……」

「佐脇。言葉を慎《つつし》みたまえ！」

署長が声を荒らげた。

「私は、この鳴海の治安を守る責任者として、和久井君の将来性を評価したんだ。多少異例かもしれないが、前途有望な若い才能を伸ばしてやりたいと思っている。何事にも例外はある。そうだろう？」

佐脇は黙ったまま署長の言葉を聞いた。

「それでだ、佐脇、お前を呼んだのは、この和久井刑事見習いの指導監督を、ぜひともお前に担当して貰《もら》いたいからだ。前に組んでいた友成《ともなり》は隣の署に応援に行ってるし、その前に組んでいた水野《みずの》は県警本部の捜査一課で順調にやっている。新しい相方ということで、どうだ？　相棒としてビシビシ仕込んでやってくれ」

佐脇が返事をしないので、署長は念を押すように訊いた。

「佐脇、判るな？」

「あ～、署長、ひとつ、宜《よろ》しいでしょうか？」

佐脇は発言の許可を得てから、口を開いた。

「自分なんぞは、先輩や上司、同僚、そして後輩からでさえ、ご指導ご鞭撻《べんたつ》ご助言を頂《ちょう》戴《だい》しなければならない立場の未熟者……そのように心得ております。ですから、そんな前途有望で才能に溢《あふ》れ、将来を嘱望《しょくぼう》される和久井巡査の指導監督なんざ荷が重すぎます。自分より適任なものが大勢いるのでは?」

「例えば誰だ?」

「刑事課長代理の光田なんかどうです? あの男は比較的公正明大でアリ、比較的正義感もアリ、比較的勇敢《ゆうかん》でアリ、比較的洞察力もアリ、比較的……」

「あの男はダメだ」

署長はにべもなく言った。

「小心で上の顔ばかり見ている。会議でもロクに発言しないで下ばかり向いているし、管理職の立場に完全にアグラをかいている。事件の捜査指揮においても腰砕けで、到底、刑事課長代理の職責を全《まっと》うしているようには見えない。幸《さいわ》い刑事課の面々がしっかりしているので、昼行灯《ひるあんどん》のような課長代理があのテイタラクでもなんとかなっているのだ。部下に支えられてな」

「人徳があるって事じゃないですか?」

「神輿《みこし》として担《かつ》ぎやすいからだろう?」

「確かに軽くて担ぎやすい。しかしそれを言うなら署長のほうがむしろ軽いのではと言いかけて、かろうじて思いとどまった。

署長は激怒しかけたが、こちらも顔を真っ赤にして自制した。

「……私はね、これでも人を見る目だけはあると自負している。それだけで警察の階段を上がって署長にまでなれたと思っているんだ。だから……私の命令に従え！　いいか、これは命令だ。佐脇巡査長、和久井巡査の刑事見習いの指導監督を命じる！」

「しかし……弟子《でし》を取るにあたっては、自分なりの考えがありますので」

なおも反論しかけたが、署長は有無を言わさず言った。

「佐脇。これは命令だ。芸人の弟子取りとは話が違う。お前は署長命令に逆らうのか？」

署長の目の奥には、怒りの感情が見えた。

「とんでもありません！」

佐脇は最敬礼してみせた。

その時、チラと佐脇が見た和久井の顔には苦笑のような笑みが浮かんでいた。

「私はまだこの和久井君と話がある。下がって宜しい」

一礼した佐脇は一人で署長室を出た。

頭を下げたままドアを閉めて振り返ると、そこにはニヤニヤした光田が立っていた。

「光田。お前、署長の覚えはめでたくないぞ」

佐脇がそう言うと、光田は「聞こえたよ」と流した。

「おれは比較的上司に従順じゃないから駄目なのかもな。お前の悪影響だ」

「イイトシこいてヒトのせいにするな」

そう言われた光田は、さらに愉快そうな表情になった。

「弟子を取るんだって？　じゃあお前はお師匠様か。ダーティハリーみたいなもんだな」

だがそこで光田の顔から笑みが消えた。

「お前、和久井を押し付けられた意味、判ってるんだろうな？」

「判らなかったら阿呆《あほ》だろ。どうやっておれが生きのびてきたと思ってるんだ」

二人はそのまま上階の職員食堂に行き、タダのお茶を飲みながら額《ひたい》を突き合わせて密談に取りかかった。

「あの和久井っていう若いのは札付《ふだつ》きだ。署長はヤツを、捜査専科講習を受ける選抜試験に合格しているが講習はまだ受けていないと言った。つまり刑事にはまだなれないってことじゃないか。欠格なんだから、刑事にはなれない。しかし署長はゴリ押しであいつをおれに押しつけようとしてる」

「ああ、確かにゴリ押しだな。資格がないだけじゃない。先日の車両の過剰追跡で、監察の対象にまでなっている。普通はその場で辞職するぜ。なのに辞めないどころか、進退が署長預かりになった」

光田はそこでニヤリとした。

「佐脇、お前は多少どころか相当の不祥事や規律違反をやらかしても馘《くび》にはできない。だが和久井は未熟で乱暴者だから、すぐに問題を起こすだろう。そうなれば部下の監督責任を問うというテイでお前を懲戒解雇《ちようかいかいこ》に追い込める。そうなればお前の余罪は山ほどあるんだから、材料には事欠かないぜ」

「そうだろうな。和久井が刑事になりたいと言ってる、と聞いた瞬間おれもそう思ったよ。和久井は最終兵器ってわけだ。おれを潰《つぶ》すためのな」

光田は笑って頷いた。

「そういやお前は、あの署長について知らないだろ？」

そういうと光田は、新署長についてのあらましを得意げに教えてくれた。

「お前は名前も覚えてないだろ。木崎淳二《きざきじゆんじ》、四十三歳、岡山県出身、警視正、京都大学法学部卒の準キャリ」

「普通だな。準キャリ以外、特記するべき人物じゃねえだろ。ウチみたいな小さな署の署長はだいたい警視でノンキャリだろ。つーか、京大法学部まで出てるのに準キャリってのが情けねえじゃないか。さしずめエリートの落ちこぼれだろ」

「そう思うのが素人《しろうと》の浅ましさだ」

「ウチは札付きの署だから、警視正の署長も結構いただろ」

「みんなお前が辞めさせたんだけどな。前の皆川署長を除いて」

光田は口を歪《ゆが》めると番茶を啜《すす》った。

「まあ、キャリアがウチの県警に来ても刑事部長とか本部長に限られて、ほとんどのポストは県採用のノンキャリだが……この木崎署長は準キャリで、今の本部長の覚えがめでたい。警察庁《サッチョウ》では今の本部長の直属の部下だった。その関係がかなり続いたようだ。本部長の階級は警視監。警察庁《サッチョウ》で首席監察官をやってたんだぞ。首席監察官。これ、誰がどう見ても佐脇シフトだと思わないか？」

「そうは言うけど、今までおれを馘にしようっていう動きは何度もあったじゃないか」

「いや、今回はかなり違うぞ。出世を諦《あきら》めたお前と違って、おれはまだまだ上に行きたいから危機感が正常に働く。ヤバいことに関しては敏感《びんかん》なんだ」

「上に行きたい？　寝言を言うなよ。昇進どころか馘を回避する方が難しいぞ」

「それはお前の話だろうが。正直、お前の周辺はヤバいぞ。例えば前任の皆川署長、お前が特に不祥事を起こしたわけでもないのに異動っておかしくないか？」

「いい署長だったのにな。おれが例の豪華客船の件で鳴海を留守にして……戻ってきたら、居なくなっていた。おれがずっと留守で、あのミナちゃん署長も暇《ひま》なことだったろうよ」

「だから異動する理由がないんだよ。あの署長は珍しくお前と上手くやれそうな雰囲気だったのに。友成が隣の応援に行かされたのだって、極めて不自然だ」

光田は立ち上がってサーバーからお茶を足したが、佐脇はカレーの大盛りを注文してテーブルに戻った。

「お前……食生活の乱れを直さないと、クビになる前に人生が終了するぞ」

「これが今日最初のメシなんだ」

カレーを頬張る佐脇を見て、光田は「ダメだこりゃ」と呟《つぶや》いた。

「テレビキャスターのお姉ちゃんに逃げられて、次がなかなか固定できないのも大変だな」

「野球の打線のオーダーみたいなことを言うな」

「一緒に豪華客船に乗ったお姉ちゃんはどうなったんだ？」

佐脇に釣られて小腹が空いた光田もきつねうどんを注文して取ってきた。

「千紗《ちさ》か。あの女には結構尽くしたんだけどなあ……おれと居ると退屈だと言って去っていったよ」

ことさら寂しげに言う佐脇を見た光田は、啜っていたうどんを喉《のど》に詰まらせてむせた。

「……おれが聞いた話とはまるで違うな。お前の下半身が自由すぎて、彼女の堪忍袋《かんにんぶくろ》の緒《お》が切れたというのがもっぱらの噂《うわさ》だがな」

「とは言ってもまだ切れてないんだ。おれに未練があるらしい」

佐脇はひひひと笑った。

「でも、おれの場合は一貫して、ほれ、セフレだから。磯部《いそべ》ひかるだって、アレはセフレだからな。身の回りの世話をして貰ってたわけじゃない」

「お前が誰かに身の回りの世話をして貰おうなんざ百万年早い」

光田はうどんを汁まで飲み干した。

「……話を戻そう。とにかく上の方は、お前をなんとかしたくて堪《たま》らないんだ。東京に追い払ってもすぐに舞い戻ってくるし、休みを与えて船に乗せたら大騒ぎを起こすし、手の付けようがない」

「バカ野郎。おれは事件を鮮やかに解決してやったんじゃねえか！　休暇中に事件を解決したんだから、二階級特進とか表彰とか昇給とか、そういう配慮があってしかるべきだろ」

「上としては、お前は事件を解決はしたが、もっと穏便《おんびん》な解決法があったはずだと言うんだ。海上保安庁とか自衛隊とか巻き込んで、まるで日本海大海戦みたいな大騒ぎになったじゃないか。その上お前は政府の余計なスキャンダルまでほじくり出して……いち田舎刑事の分際《ぶんざい》でなんだコラってことになったの、お前は都合よく忘れてるようだが」

「うるせえなあ。せっかくのカレーがまずくなる」

古い話を蒸し返すなと佐脇がスプーンを左右に振ったので、カレーが周囲に飛び散った。

「伝染病発生疑惑に、爆弾が積まれている疑惑に、一家心中未遂と乗客の転落……きわめつけは殺人にテロだぜ。まさに呪われた航海だったな。大騒ぎになったのはおれだけのせいじゃないし、逆に騒ぎにでもならないと、おれたちは洋上で隔離されて、都合の悪い事実もろとも、確実に沈められていた。光田、乗っていたのがお前なら、何も出来ないまま太平洋の藻屑《もくず》と化していただろうよ。署長も言ってたぜ、おまえは万年課長代理の無能だってな」

「おれが言ってるのは、お前に対する世間一般の評価だ。おれが無能かどうかは、まったく別の話だ。それに署長はおれを『万年課長代理』とは言っていなかった」

「だったら『無能』については認めるのか？　もっと怒れよ」

「話をそらすなよ。とにかく、お前は事件を解決はするが、それに伴う副作用が激甚《げきじん》なんだ。害虫の駆除に建物丸ごと火炎放射器で焼き払うような。前回の件だって、事態の収《しゅう》拾《しゅう》に結局どれくらいのカネがかかったか判ってるか？　国の借金は増える一方だってのに」

「人命がかかっている時にカネの話をするか？　かつて日本の首相は『人の命は地球より重い』と言ったんだぞ。それが今はなんだ？　自己責任だ？　いやはや世も末だね」

「表向き、お前は褒《ほ》められて英雄みたいに持ち上げられたけど、それが続いたのは、たったの一週間。あれから政府や総理大臣は国会で野党に詰められマスコミに叩かれて大変だったんだよ！　お前のせいでな！」

指をつきつける光田を佐脇は軽く受け流した。

「身から出た錆《さび》だろ。そもそもはお偉いさんのお友達が税金逃れのズルをしていたことが事の発端《ほったん》だぜ。叩けばホコリの出るようなことばっかりやってるから、テロリストに目を付けられたんだ。おれのせいでカネがかかった？　だったら官房機密費でも何でも回せばいいじゃねえか。そもそもてめえの落ち度を棚に上げて何でもかんでも人のせいにする了簡《りょうけん》が大間違いだっての」

「佐脇、お前はそう言うがな、上の方ではそうは考えていない。とにかくお前、相当恨《うら》まれてるぞ。今の政権は執念《しゅうねん》深いしハッキリ言って大人げない、イヤガラセ体質だ。あのスキャンダルの火元となったお前に落とし前をつけさせないと、一件落着にはならないんだ」

「で、おれをクビにするのか」

「たぶん、懲戒免職の上に、警察にこれまで数々の損害を蒙《こうむ》らせた賠償請求訴訟《ばいしょうせいきゅうそしょう》がセットになるだろうな」

「そんなもん、払えるわけねえじゃねえか。おれは正義のために粉骨砕身《ふんこつさいしん》頑張《がんば》ってきたってのに……これじゃあ奮闘努力の甲斐《かい》もなくってことじゃねえか！」

佐脇はタバコを取り出すと、平然と火を点けてスパスパと吸った。

「おい！　署内は全館禁煙だぞ」

「命令違反で逮捕して死刑にでもしろ！」

光田は佐脇の口からタバコを引き抜くと、番茶に浸《つ》けて消した。なんせ灰皿もないのだ。

「とにかく、何度も言うが、本部長や署長は、今度こそ本気だ。全国の警察官の綱紀粛正《こうきしゆくせい》のためにも」

「おれを血祭りに上げて一罰百戒《いちばつひやつかい》ってか」

佐脇は平然と二本目のタバコを取り出して火を点けた。

「お前の場合は一罰じゃあないがな。今まで百回くらいクビになっていてしかるべきだし、逆に言えばまだクビになっていない事態こそ異常だと言える」

佐脇は興味深げに光田の顔を眺《なが》めた。

「お前、どっちの味方だ？」

「そりゃあ、決まってるだろ」

光田は悪怯《わるび》れずに言った。

「長いモノに巻かれる。強い方につく。それがおれの座右《ざゆう》の銘《めい》だ」

「なるほどな。そうじゃないかとは思ってはいたが、やっぱりそうだったか」

おじさん二人が罵倒《ばとう》し合ってるのかじゃれ合ってるのか、よく判らない応酬《おうしゆう》をしているところに、話題の男・和久井がやってきた。

「佐脇巡査長！　和久井光男《みつお》巡査であります」

和久井は直立不動の姿勢になり、ビシッと敬礼をして見せた。

「自分はかねてより、佐脇さんを尊敬しておりました。何卒《なにとぞ》ご指導をお願い致します！」

礼儀正しいキビキビした口調と身のこなし、絆創膏が貼られてはいるが、引き締まった顔立ちを見るかぎり、強引な追跡で事故を起こさせた問題警官だとはとても思えない。よく言えば、熱意がある故《ゆえ》にやり過ぎたのかと思えるし、悪意に解釈すれば、いい警官ぶっている嘘《うそ》つき野郎か……。

「佐脇刑事。というか、どうお呼びすればいいでしょうか？　やっぱり師匠でしょうか？」

「警察で『師匠』はねえだろう。紋付きでも着なきゃサマにならねえ」

そう言いつつも、佐脇はまんざらでもなさそうだ。

「つーかお前、和久井君よ。顔にそんなど派手な絆創膏を貼ってたら、まるでコントだぜ」

「申し訳ありません。交通課の上司に殴られまして」

追跡の度が過ぎて事故を起こさせた時のことなんだろう。そりゃ上司も逆上するわな、と佐脇は笑いを堪えた。

「署長の命令でお前と組むわけだから、サン付けでいいよ。おれはお前を呼び捨てにする。それでいいだろ」

「判りました。宜しくお願い致します」

和久井は敬礼をしたが、「あの〜」と猫なで声を出した。

「自分はこれから交通課に戻って引き継ぎなどをして参りますが、今夜、佐脇さんはお暇でありますか？」

「ああ、お暇であります」

「では、お近づきのシルシに、ちょっと……如何《いかが》でしょうか？」

「あのなあ」

佐脇は呆れた。

「そういうのはおれから誘うもんだろ。お前が言い出すのは強要みたいなもんだぞ。お前の前任の水野だって友成だって、あいつらの方から誘ってくることはなかった」

「申し訳ありません。自分としては一日も早く、刑事としての心得を身につけたい一心で」

「その心掛けや良し、ではあるんだが……」

光田がニヤニヤしながら聞いているので、佐脇は和久井を「ちょっと来い」と食堂の脇に連れていった。

「刑事の心得ならここでレクチャーしてやってもいいんだが……とにかくまあ、夜一杯呑《の》もうじゃないか」

あざーす、と和久井は調子よく礼を言った。

その夜。

港に近い二条町《にじようちよう》の、安いだけが取り柄《とえ》のようなカウンター式の安酒場。その奥にある別室で、和久井が壁に貼ってある変色したメニューを睨《にら》み、その横で佐脇がタバコを吹かしている。

ここは、最近険悪な仲になりつつある千紗が居る店だ。

「はい、すだちサワーにトリカラ、ちくわの磯辺《いそべ》揚《あ》げ、焼き鳥盛り合わせに乾き物盛り合わせ……もっと野菜食べなきゃダメじゃないの?」

笑うと鼻のところに皺《しわ》ができるのがコケティッシュな千紗は、丈《たけ》の短いペラペラの法被《はっぴ》のようなユニフォーム姿で料理を運んできた。

「ああ千紗か。こいつは今日からおれの弟子になった和久井。和久井、これは……」

千紗が口を尖《とが》らせた。

「ちょっと。『これ』とかモノみたいに言わないで。いらっしゃいませ和久井さん。千紗です。どうぞご贔屓《ひいき》に。和久井さん、このオッサンの悪いことばっかり真似《まね》しちゃダメよ。ホントこのオッサン、ろくでもないことしかしないからね。佐脇ちゃん、あんたも、前途有望な若者を悪の道に引き摺《ず》り込まないでよ!」

千紗は言うだけ言うと四畳半の個室から出ていった。

「いやあ、佐脇さんの彼女さんすか？　なかなか美人ですね」

和久井は千紗の後ろ姿を見て感嘆《かんたん》している。スレンダーな千紗だが、お尻はプリプリして、悩ましい曲線を描いている。

「前はキャバクラ嬢だったんだが、地に足の付いた暮らしがしたいってな。キャバクラも居酒屋も似たようなもんだと思うんだが。ま、アレは見た目より、その、アッチの具合がよくてな」

ま、ヨロシクなと、佐脇は和久井のグラスにカチンと合わせた。

「この辺りは知ってるか？　飲酒運転の取り締まりでよく来るだろ？」

「いえ……この辺は、ベテランさんたちの縄張りで、自分はスピード違反の取り締まりがほとんど専門みたいになっていて」

「ベテランさんね。交通課ならどうせ今井《いまい》とか柳瀬《やなせ》とか杉田《すぎた》とかが取り締まって、キップ切らずに袖《そで》の下取って見逃してるんだろ？　おれも交通課時代に儲《もう》けさせて貰ったからな」

佐脇がそう言うと、和久井も口を開きかけた。しかし結局、知らん顔をして焼き鳥を頬張ることにしたようだ。

「おい和久井。お前の、本心を言え」

佐脇は和久井を見据《みす》えた。

「判ってるだろうが、鳴海署は所帯が小さいから刑事課でも交通課でもやってることは筒抜けだ。お前が不審車を追い詰めて事故らせたことが大変な問題になっていることを、おれが知らないとでも思うか。下手をすれば懲戒免職のケースだ。警察もメンツがあるし事故直後の会見で交通課長が『追跡には問題はなかった』と言った以上、お前をすぐクビには出来ないが、ほとぼりが冷めた頃に依願退職って形で首を切るなんてことはザラだ。おれだって何度、退職願を書かされそうになったか」

「自分は、辞めたくないんです」

和久井はハッキリと言った。

「やっと入った警察だし、多少やりすぎたかもしれませんが、相手は無謀運転を続けていたんです。自分は悪くありません。それに、署長が佐脇さんに何か含むところがあるとしても、自分は関係ないです。署長が何を考えていようが、それは自分とは別の話です」

ふうんと言って、佐脇はすだちサワーを一気に飲み干すと、千紗に「お代わりだ！」と怒鳴った。

「だけど和久井君よ。おれに付けば、おれの動きを逐一《ちくいち》署長に報告したりするんだろ？それは本部長に伝わり、いずれ警察庁《サッチョウ》にも伝わる。判ってるんだぜ」

佐脇はそう言ってニヤついた。

「おれも警察庁にはダチが居るんだけどな」

「ええ。それは知ってます。警察庁のかなりエライ人ですよね？　エラさで言うとウチの県警本部長も負けるでしょう？　それもあるから、佐脇さんは簡単には切れないんだってことも」

「よく知ってるんだな」

和久井を単細胞な若者と思っていた佐脇は驚いた。

「あのですね、自分も人生がかかってるんで、調べられることは調べますよ。誰かの言いなりになって人生預けるなんて、怖くて出来ませんね」

佐脇はグラスの手を止めて、和久井を見た。

「だから、佐脇さんが信じるかどうかは別としてはっきり言いますが、自分は署長のスパイじゃありません。署長の思い通りに動く気もないです」

「顔に絆創膏をベタベタ貼ったお前にそう言われても、中々、ハイそうですかとは信じられねえな」

そう言いながら、千紗が新たに運んできたすだちサワーをぐいと飲み干す。

「それなら署長に自分が呼ばれて、署長から何を言われたか、それを正直に言いますよ。それが本当かどうか、信じるかどうかは佐脇さん次第ですけどね」

和久井が話したことは、ほぼ佐脇が想像したとおりだった。

「佐脇さんの下についてヘマをして、佐脇さんを辞職に追い込めと言われました。そうすれば、お前の身分は悪いようにはしないと。警察に残れるようにしてやるからと。だけど、署長だって、いずれ異動でいなくなりますよね。そうなったらウラのカラクリを知っている自分なんか、どうにでもされてしまうのは目に見えてます。自分たちの世代は、このへんの感覚は鋭いんすよ。上からヤバい指示を出されたら、それメールでもらえますかって普通に切り返しちゃいますしね。大学のアメフトでぶっちゃけた選手もいたじゃないですか」

「ってなことをおれが署長に確認したら、そんなこと言うはずないじゃないかと言下《げんか》に否定されるだろうがな」

「当然です。自分はトカゲの尻尾《しっぽ》だと判ってますよ」

「……お前、若いくせに、結構判ってるじゃないか」

佐脇は、口ではそう言いつつも、目の前に居る若造の本心を計りかねていた。ただの乱暴者だと思っていたのだが、意外に……いや、気味が悪いほどアタマが切れそうだ。だが逆に、そこがヤバイ。

「そこで自分は、自分が生き残るためにはどうすればいいか、考えました。さっき署長に言われて咄嗟《とっさ》に考えたことですが、今日の午後、じっくり考え直しても、同じ結論にしかなりませんでした」

うん、と佐脇は頷いた。

「で？　結論は？」

「サバイバル術も含めて、佐脇さんに教わりたいんです。佐脇さんは自分を馘にしようとした署長を返り討ちにして他所《よそ》に飛ばすほどの人です。そのワザを学びたいんです」

和久井は、テーブルに並んだ酒やツマミには一切手をつけず、佐脇をじっと見た。そして、アグラをかいていたのを正座に改めた。

「本当の意味で、弟子にしてください」

そう言って手をついて頭を下げた。

佐脇は、真剣に頼み込む和久井を眺めながらちくわの磯辺揚げを頬張り、すだちサワーを飲み、屁《へ》をひった。

「おれさあ、こういう洒落《しやれ》にならない雰囲気、嫌なんだよなあ。入門を許してないが、その前に破門にしていいか？」

そう言いながらバターピーナッツを口に放り込んだ。

「お前が真剣になればなるほど、だんだん嘘くさくなってきたぞ。いいか、おれの首が繋《つな》がってるのは、県警と、あと県庁のお偉いさんのヤバイあれこれを知っているからだ。おれが弱味を握ってることをヤツらも判っていて、それにビビってるから手が出せない。下手におれを潰そうとすればおれに全部バラされて、自分もヤバくなる。ただ、それも最近はネタ切れだ。お偉いさんも定年で辞めていくし。裏に回ってフィクサーを気取っても、こんな田舎じゃたかが知れてる。それと、前はおれのバックには地元の暴力団もついてて、それも結構な力になってたんだが」

「鳴龍会《めいりゅうかい》ですよね」

「ああ。しかしその鳴龍会も暴対法の締め付けがキツくて解散しちまった。おれのネタは鳴龍会経由で仕入れたモノが多かったから、いろんな意味でアウトだ。だから、おれがお前に教えられるサバイバル術は、ねえよ。ありません」

それにさあ、と佐脇はスルメを齧《かじ》りながら続けた。

「おれ、あんまりくそ真面目なの、苦手なんだよ。真面目なヤツって余裕がないから、ちょっと追い込まれると、持ちこたえられずに寝返ったりするしな。お前はもっとワルで、ずる賢《がしこ》い野郎だと思ってたんだがな」

佐脇にそう言われた和久井は、土下座をやめて顔を上げると、正座から足を崩した。

「ねえ佐脇さん。ワルって芝居が巧《うま》いとは思いませんか？　いきなり本音を言うと、相手にされないと思ったんですけどね」

和久井は不敵な笑みを浮かべた。

「まあ、サバイバル術を教わりたいというのもウソじゃないんですけど、本当に知りたいのは、『甘い汁の吸い方』なんです」

それを聞いた佐脇は「ほほう」と応じた。

「このご時世、カネはいくらあっても邪魔《じゃま》にならないじゃないですか。馘になった時に食いつなぐためにも、各方面にワイロを贈るためにも、カネはあったほうがいいでしょう?」

「まあな。おれも上司を接待漬けにして、おれに楯突《たてつ》けないようにしてやったこともあるしな」

　佐脇はグラスを置いて、和久井に対峙《たいじ》した。

「お前が煽って高速でトラックに正面衝突した男、身元は判ったんだろ?」

「ええ。鳴海エンジニアリングの取締役、谷口保彦《たにぐちやすひこ》、五十八歳です」

　鳴海エンジニアリングは、地元の建設開発コンサルタント会社で、地域振興を謳《うた》いつつ再開発や大企業の地方誘致《ゆうち》などに力を入れている。

「あそこは一部に政商って噂があるんだよな。こんな片田舎にある会社で目立たないことを隠れ蓑《みの》にして、他所では結構デカい案件も請《う》けていると。そうか。事故ったのは、その重役の谷口か……」

　何かを思いついたように佐脇は立ち上がった。

「おい。河岸《かし》を変えるぞ。ついてこい」

　その時、千紗がモツの煮込みと野菜サラダを運んできた。

「これ、店のサービスのサラダ……なによ。帰るの?」

「ああ。急用を思い出した。それは他の客に出してくれ」

「ナニ言ってるのよ。佐脇ちゃん、あんたに食べさせるために作ったのに！」

千紗は怒ったが、佐脇は手をひらひらさせただけで謝りもせず、靴を履《は》いてさっさと店の外に出た。

「いいんですか？　彼女さん、怒ってますよ」

後から追いついた和久井は佐脇にご注進した。

「いいんだ。これは仕事だからな。しかも、カネになる」

佐脇はそう言って、肩で風を切るように二条町の飲み屋街を歩いていく。

「今からお前に、甘い汁の啜り方を教えてやる。オンザジョブトレーニングってヤツか。何事も実地だ！　実地に勝《まさ》るモノはねえんだ」

そう言うと、和久井に向かってニヤリとした。

「おれも今、カネに困ってたんだ。窮《きゅう》鼠《そ》猫《ねこ》を噛《か》むって言うだろ。人間もネズミも、困れば特殊な嗅覚《きゅうかく》が働くもんだ。今、おれはピンときた」

佐脇は飲み屋街の細い路地をグイグイと進み、ある酒場に入った。千紗がいた店とはまた違う、洋風の店構えだ。大音量のポップスが鳴り響き、店内にはケバいネオンサインが明滅して、五〇年代のアメ車のイラストが壁に描かれた「なんちゃってアメリカン」な店。

しかも店名は「バスコ・ダ・ガマ」という意味不明な妖《あや》しさがある。

店に入ったところで、入り口周辺に居た黒服やヤクザ風の男たちが、慌てて佐脇のそばから飛び退《の》いた。

その特異な光景に、和久井は目を丸くした。しかし佐脇は全く気にも留めずに混み合った店内に入っていく。

店の客を掻き分けて急な階段を上がると、二階には七〇年代風の、黒革調の合皮に茶色い木のアームレストという直線的なデザインのソファが置かれて、初老の男が数人座って水割りを飲んでいた。さしずめバーボンだろう。

部屋には、独特の甘ったるい臭いが立ちこめている。

マリファナだ。

客が紙巻きのマリファナタバコを吸っているのだ。

しかし佐脇はそんなことは無視して、アロハ姿の一人の男の隣に座った。酒とマリファナで目がとろんとした、ヒラヒラしている感じの、要するに薄っぺらそうな男だ。

「やあ、笹原《ささはら》の兄弟。元気か」

佐脇がアロハ男に声をかけると、居合わせた男たちはハッとして、ラリっているなりに居住まいを正し、佐脇にペコリと頭を下げた。

それを佐脇は「いいからいいから」と手で制してアロハ男・笹原の横に座った。

「元気どころじゃないねえ。お先真っ暗だよ。商売あがったりだ」

「こっちも同じく不景気だよ。ヤクザが元気じゃねえとこちとら、困るんだ」

それがいつもの挨拶《あいさつ》のようで、二人は笑い合った。

その初老のアロハ男・笹原は、佐脇の隣に突っ立っている和久井を見咎《みとが》めた。

「佐脇やん、この若いのは？」

「あ、こいつはおれの弟子。和久井君と言います。ヨロシクね！」

そう紹介された和久井は、ペコリと頭を下げた。

「そうか。佐脇やんの弟子か。佐脇やんの弟子になると、運が悪けりゃ死ぬが、運がよけりゃ美味《うま》い汁が吸えるぞ。中間ってもんがねえんだ」

「そうだ！　おれの門下生になるのは一《いち》か八《ばち》かだ」

佐脇も調子を合わせた。

「ところで兄弟。鳴海エンジニアリングって知ってるだろ？」

その社名が出た途端に、笹原を含めて居合わせた男たちは一斉に佐脇を見た。

「佐脇やん。今度は何を摑《つか》んだ？」

笹本の目がニワカに鋭くなった。

「さあ？　ネタになるかどうか判らないんで、こうしてここに来てみたんだ」

「まあ飲め」

笹原はテーブルに並んでいる空きグラスの一つを紙ナプキンで拭《ぬぐ》い、そこにI・W・ハーパーをドボドボと注いで佐脇に押しつけた。

佐脇はそれをぐっと飲み干すと、笹原は和久井にも飲めとグラスを押しつけた。

「で？　あの会社のナニが知りたい？」

「谷口って重役居るだろ？」

「ああ、この前事故って死んだ奴か」

「死んでないっす。まだ生きてます。意識不明ですが」

和久井が口を挟んだ。

「その谷口は、あの会社で何をやってた？　業務の内容だけど」

「主に営業だな。政治家や役人相手の。儲け話を持ちかけてハナシを進行させるのが谷口の役目。しかしあの男、どうしちゃったかねえ。酒酔い運転だとかクスリをキメてたとか言われてるけど……普段は自分で運転なんかしないんだけどねえ。なにしろ重役様だから」

「ありがとよ」

佐脇はポケットから札を出すと数枚、笹原の胸ポケットに押し込んで席を立った。

「出よう。ここに居ると難聴になりそうだ」

二人は「なんちゃってアメリカン」な店を抜け出した。

店を出ると、あたりに居合わせたヤクザやチンピラ連中が全員、申し合わせたように、佐脇に向かってヤクザ式の会釈《えしゃく》をした。両手を膝《ひざ》において頭を下げる、あの特有の会釈だ。

「おう」と手を上げ、これまた親分のように鷹揚《おうよう》に応じた佐脇がそのまま黙って歩き続けるので、和久井もおおいに戸惑《とまど》いながら、まさに子分のように付き従った。

その時、佐脇の背後から「あ、おひさしぶり」と声がかかった。

佐脇が振り返ると、そこには小柄だが、妙な迫力を全身から醸《かも》し出している若い男が立っていた。目つきが鋭すぎて、緩いシルエットのアルマーニとまったく似合っていない。

「お。誰かと思えば……誰だっけ？」

「またまた」

とぼける佐脇に、その若い男は相好《そうごう》を崩した。

「しばらくでした佐脇さん」

「お前もな、島津《しまづ》。ちょっと見ない間にえらく出世したみたいじゃねえか。なんだよ、そのスーツは。青年実業家かよ。前はモロにチンピラだったのに」

「ココの出来が違いますんで」

抜き身のナイフのように鋭さを感じさせる島津は、自分の頭を指差した。

「あ、紹介しとく。この絆創膏男は、和久井。こいつを怒らせると怖いぞ。天下の公道を追跡されて殺されかけるからな。警官だから殺してもお咎めナシの、最強最悪の殺人鬼だ」

そう紹介された和久井は、島津に向かって黙って頭を下げた。

「この島津も、チビで若いからって舐《な》めてると痛い目に遭《あ》う。今後、鳴海の裏社会はコイツが仕切ることになると、おれは踏んでる」

「イヤ佐脇さん、それは買いかぶりってもんです」

「お。島津。お前、ヘリクダリを覚えたのか!」

いやいや、と島津も笑顔で応じた。

「たまたまお目に掛かったんで、ご挨拶させていただきました。それじゃあ、また……」

佐脇と和久井、そして島津はにこやかに別れた。

「佐脇さん、まるでこの辺を仕切る大親分みたいですね」

「警官にしとくのは惜《お》しいってか?　だけどな、おれが威張《いば》ってられるのも、警官だからだ。警官ってのは三日やると辞められないってな」

二人は歩き続けた。

やがて、二条町の妖しい飲み屋街が途切れ、人通りもなくなったところで……港に出た。

船もなく、明かりも僅《わず》かな、寂れきった港だ。岸壁のうしろの広大な土地は、何らかの再開発を予定しているのかもしれないが、今は街灯もなく、ただの空き地にしか見えない。

「ここは、昔は二十四時間船が着いてた。こっちは客船で向こうはフェリー。深夜や早朝の便に乗り降りする客や車でごった返して、この空き地に面して店がスズナリに並んでいて、煌々《こうこう》と明かりが点いて、それはもう賑《にぎ》やかで二十四時間フル回転してた。すぐそこには駅があって鉄道も来ていた。ここを起点にバスもたくさん走ってたしタクシーなんか列を作って客待ちだ。信じられねえだろ？　昔の光、今何処《いずこ》だねえ」

駅だった場所も、客船のターミナルだった場所も、今は更地《さらち》になっていて、港を挟んで対岸にある古ぼけた倉庫までが何の障害物もなく、すっかり見通せる。

「そうなんですか。自分は、この港の昔のことは全然知らないです。自分の子供の頃からずっとこの感じで、何もなかったんで。いい釣り場ですよね。昼間から暇そうな連中が釣りしてますよ」

和久井は佐脇に並んで港を眺めた。

「そうだな。港が浅いから、大きな貨物船は入ってこない。この先に新しい大きな貨物船用の港が出来たから、ここが改修されることもない。時々やってくる豪華客船もそっちに着く。ここは見捨てられた、廃港同然だ。おかげで海が綺麗《きれい》になって魚が戻ってきた。ここで釣れるアジは美味いぞ」

佐脇はそう言ってタバコに火を点け、吸い込んだ。

「それにしても佐脇さん、さっきは凄《すご》かったです。モノホンのヤクザかと思いましたよ」

「ああ。あの『バスコ・ダ・ガマ』って店な。あそこはヤクザ御用達《ごようたし》だ。ヤクザといっても、鳴龍会の残党だけどな。そういう店の周りにはその手の連中が集まってくるもんだ」

「勉強になります」

佐脇の夜の顔を目の当《ま》たりにした和久井は目を輝かせている。

「あのクソ喧《やかま》しい店に居たアロハの笹原、あれはいわゆる情報屋だ。昔はこの辺の地回りだったが、今は引退して飲んだくれてる。昔の繫がりが切れてないんで、ネタは入ってくる。カネの匂いがするネタはみんなあのジジイに集まる。だが、あのジジイ本人には度《ど》胸《きょう》も才覚もカネも無い。口が達者なだけで、アイツもそれを自覚してる。だから情報屋としてネタを流して食ってるわけだ。昔の栄華《えいが》のカケラが、多少は残ってるって感じだな」

そう言ってタバコを海に弾き飛ばした。

「逆に言えば、この鳴海みたいな場所にこそ、意外なネタが落ちてるってことだ。寂れ果ててるからカネになるネタは無いと思い込まれてるが、昔の栄光の残り火がチョロチョロと燃えていることもある。『鳴海エンジニアリング』が今でもこんなクソ田舎に本社を構えて細々とやってるように見せてるのは、それなりのメリットがあるってことだ」

判るか？　と佐脇は和久井を見た。

「あの会社は、前からとかくの噂があった。差しあたりここにカネになるハナシはないが、他所の自治体では派手にコンサル業務をやっている。その一方で、ここの本社は地味で潰れそうに見せかけている。いわば隠れ蓑ってやつだろう」

「なるほど……」

和久井は頷いた。

「税務署だって馬鹿じゃないが、人手が足りないからどうしても目立つ会社に調査の的を絞る。今にも潰れそうな『鳴海エンジニアリング』には目もくれない。大方、帳簿上でも儲けが出ていないように操作しているだろう。証拠はないが」

佐脇は繋留《けいりゅう》用のボラードに座って、鋭い目つきで弟子を見た。

「あの会社には、なにかある。お前が追い詰めた谷口の動きも、妙だと思わねえか？」

「それは、思います。自分はてっきり若いバカ者が酒かクスリをキメて暴走してるとばかり思っていたのに……」

「何かあるんだ。絶対になにかある。甘い汁を啜れるネタがな」

佐脇は目を細めた。

「いいか和久井。おれの手法はヤクザと一緒。というか、ヤクザに教わったようなモノだ。とにかく相手の弱みをトコトン探る。探って相手を脅す。それだけだ。奥義《おうぎ》なんかない。とにかく、徹底的にやる。相手が嫌がることをな」

「はい」

和久井は硬い表情で頷いた。

「悪徳警官の第一歩は、ヤクザと同じ。相手の弱みをしっかり握ること。悪徳警官とヤクザの違いは、ただ一点。おれたちは非合法じゃねえってこと。合法的に銃を所持して合法的に撃てる。逮捕権もある。それだけ、と思うだろうが、これはデカいぞ」

和久井の顔に、ようやく笑みが浮かんだ。

「今日はもう遅い。明日からじゃんじゃんバリバリやろうじゃねえか。ネタを整理しとけ。弱そうなところから突つくからな！」

そう言った佐脇はボラードから下りてまた歩き出した。

「あ……どちらへ？」

「モトの店に戻って飲むんだよ。あのサラダも食ってやらねえと、千紗が気の毒だ。お前も食いたきゃ一緒に来い」

二人は夜の街に戻っていった。

第二章　美人学者の憂鬱《ゆううつ》

「ねえ佐脇ちゃん、こんな時間にこんな事やってていいの？」

窓の外には、陽が高く上がっている。しかし室内の布団の上では、佐脇が千紗に覆《おお》い被《かぶ》さっていた。

千紗は、この前の船旅で苛酷《かこく》きわまりない体験をしているのだが、持ち前の回復力でその心の傷も癒《い》えたものの、現在は佐脇の「奔放《ほんぽう》な下半身」に腹を立てて、波風立ちまくりの状況になっていた。

「だって酔い潰れて寝ちまって、目が覚めたら傍《そば》にお前の裸があるんだから、健全な男としては、催《もよお》すのが自然だろうが」

佐脇はそう言いながら千紗のキャミソールを捲《まく》りあげて、小ぶりな双丘《そうきゅう》を揉み上げ、頂上に舌を這《は》わせた。

若い女の香りがした。ほのかに甘くて、何かが掻き立てられて熱くなるような香りだ。

彼女のパンティのゴムに指を掛けて、一気に引きずり降ろした。まだ二十代の、女の秘毛が目に飛び込んできた。

セックスよりもっと眠りたい千紗は、完全にはその気になっていないのだが、佐脇は彼女に重なって、すでに怒張している肉棒を女唇にあてがっていた。

「なんだよ。その気がないって言う癖に、濡《ぬ》れてるじゃねえか」

「いじるから反応したんでしょ」

佐脇が言う通り、そこは、しとどに濡れそぼっていた。秘芯も肉芽も欲情して、ぷっくり膨らんでいる。

佐脇が先端に体重を掛けると、にゅるにゅるという感触を伴いながら、欲棒は埋没《まいぼつ》していった。

彼が腰を動かすのに合わせて、千紗も腰を遣い始めた。

大きくなった秘芽に佐脇が指を這わせてみると、それは、待っていたかのように指の中でつるんと剝《む》けた。

「あ……あうン……まったく……」

「文句を言いながら感じてるじゃねえか」

佐脇が大きな動きで腰を突くと、彼女は切なそうに身をよじった。

「あ！」

千紗の躰《からだ》に凄《すさ》まじい電流が流れていくのが判った。背中がきゅうぅっと反《そ》り返り、全身が強《こわ》ばった。

そのまま一気に絶頂に駆け上がろうとした時。

枕元のスマホが鳴った。私物ではなく警察専用のほうだ。

佐脇は仕方なく腰の動きを止めてスマホに手を伸ばした。

「お、お願い。して。続けて。止めないで！」

千紗が訴えた。

「仕方ねえなあ……」

佐脇はスマホを無視して腰を遣った。早く終わらせようと彼が腰を突き上げれば突き上げるほどに、千紗は蕩《とろ》けるような恍惚《こうこつ》の表情を見せ、ぶるぶると全身を打ち震わせている。

「ああん……もっと、もっとよ！」

請《こ》われるままに佐脇はパワフルな突き上げをくり出していた。強烈なだけではなく、彼女の敏感な子宮口を絶妙に刺激する、巧みな動きだ。

千紗の両手は、佐脇の背中にしっかり巻き付き、脚も絡《から》めてきた。腰は彼の下腹部にぴったりと密着して、より強い快楽を得ようと、うねうねと妖しく蠢《うごめ》いている。

全身が薄紅《うすあか》く染まり、しっとりと汗が噴き出している。秘門からは淫《みだ》らな汁がとろとろと、とめどなく迸《ほとばし》っている。

肉欲に溺《おぼ》れた女が、佐脇を離さない。

官能小説の中だけにしかないと思われた世界が、今ここに現出しているんじゃないのか？　おれもまだまだいける……佐脇がそう思った時。

ふいに我に返ったような千紗が、ニヤリと笑った。

「電話、出たら？　仕事でしょ？」

「あ、ああ……」

ここまで来たらフィニッシュまで飛ばしたいのは男のほうだが、千紗は両手で佐脇の胸を押して身体を離してしまった。

「なんだよ、それは」

「電話、出なさいよ」

これが千紗の仕返しかと思いつつ、佐脇は渋々スマホを手に取った。

表示されているのは、見覚えのない番号だ。

「誰だお前は！　こんな時間に！」

佐脇は電話に出るや否《いな》や、怒鳴りつけた。

『こんな時間って、もう十時っすけど』

和久井の声がした。新しいバディの名前をスマホにまだ登録していなかった。

「なんだお前か。何の用だ？」

『佐脇さん、体調でも悪いんすか？　まだご自宅？』

一回酒を飲んだだけなのに、和久井は結構馴《な》れ馴れしい口を利く。

今までの相棒は佐脇の日常を知っていたのでこういう無粋《ぶすい》な電話連絡はしてこなかったのだが、和久井にはまだ阿吽《あうん》の呼吸というものが身についていない。

「今、出勤しようとしていたところだ。で、用件はなんだ？」

『鳴海エンジニアリングについて、いろいろ面白《おもしろ》いことが判ってきましてね』

「そんなことならいちいち電話してこないでも、おれが署に行ってからでよかっただろ」

『いやしかしですね、もうお昼ですよ』

和久井はめげない。

『なんと、ウチの二係が内偵していたんですよ。鳴海市内の公有地の払い下げに関して、鳴海エンジニアリングが特段の便宜《べんぎ》を図《はか》ってもらっていた疑惑があるんです。それが県外のマスコミにバレて……』

「報道されたのか？」

『いや、まだです。揉み消されました。県の上層部が動いて、会計処理をいじってツジツマを合わせたそうです』

大きなネタを摑んだ和久井の声は弾《はず》んでいる。

『これは、不正が露見しそうになって慌てて誤魔化《ごまか》したんっすよ！』

「おいおい、それは二係のネタだし……お前、ブンヤみたいな感覚になってないか？　ブンヤの特ダネと刑事の特ダネはまた違うぞ。そのへんよく……」

『じゃあ署で待ってますから！』

と、和久井に元気一杯に通話を切られて、佐脇は溜息をついた。

彼のモノはもう萎《しぼ》んでしまったし、気分も失《う》せてしまった。千紗は別の部屋でタバコを吸っているし、完全に局面が変わっている。

「もう少し若けりゃ、とにかく射精しなきゃ収まらなかったんだけどな」

「行ってらっしゃいよ。アタシは寝直すから」

千紗はそう言うと伸びをし、大きなあくびをした。

「お前……カラダの火照《ほて》りはどうするんだ？　誰かと浮気するんじゃないだろうな？」

「まあそれはいいじゃない。お互い様でしょ」

千紗が佐脇の過去の裏切りに触れたので、悪漢刑事《わるデカ》は何も言えなくなったまま、風呂場に入ってシャワーを浴びた。

「鳴海市内にある公有地が、かなり割安な価格で払い下げられる予定だったんです。相場の半分以下ってことで」

待ちくたびれた感がありありの和久井は、佐脇が来るやいなや刑事課の空《あ》いたデスクに地図を広げて、ペンで三箇所《かしょ》を指した。

光田は自分のデスクで新聞を読み耽《ふけ》り、他の刑事はほとんど出払っている。

「どれもバスターミナルや繁華街から近い一等地ですけど、大きなビルを建てるにしては狭いんで、鳴海エンジニアリングとしては、格安に払い下げを受けて、時間を置いて転売して儲ける腹づもりだったんだろうと」

鳴海署の刑事課は所帯が小さいので、一係も二係も同じ部屋に居る。和久井にネタを教えた二係も、全員が出払っていて誰も居ない。

「払い下げられる予定だったと言うからには、実際には払い下げられなかったってことか？」

佐脇の問いに、和久井は、いやそうじゃなくて、と答えた。

「売買が発生していないってことっすけど」

「じゃあ、ハナシ自体がなくなったってことか？」

「いや、それも違うんで」

和久井の話しぶりが要領を得ないので、短気な佐脇はイライラしてきた。思い出したように鳩尾《みぞおち》がきりきりと痛むので、余計に腹立たしい。

「バカかお前は？　ハッキリ言え！　禅問答《ぜんもんどう》じゃねえんだ！　おれには時間がないって言うのに！」

その言葉に、和久井は「はぁ？」と首を傾げた。

「時間がないとかよく言いますね？　遅刻してきたのは佐脇さんじゃないっすか」

「そういうことじゃないっ！」

つい声が大きくなった佐脇だが興味を惹《ひ》かれ、「で？」と先を促《うなが》した。

「ええと……あのう、払い下げだと割安とはいえ、買い取りの費用が発生しますが、鳴海エンジニアリングの場合はそれがなかった、つまり、無償《むしよう》ってことで、ええと」

和久井は必死に言葉を探した。

「譲渡《じようと》。そう！　譲渡されたってことです。格安の払い下げだと便宜を図っただの忖度《そんたく》だのと追及されるけれど、それが無償譲渡だと、なぜかハナシがすんなり通るそうで……」

「つまり、二係の連中がお前にそう言ったんだな？」

和久井にしては難しい言い回しを使うので、佐脇は確認した。

「ハイ。自分は聞いたままを佐脇さんに伝えてます」

「おかしいじゃねえか。格安だと文句を言われるが、タダでくれてやれば問題にならないという、その理屈が判らん」

「それは自分も理解出来なかった点なんですが、二係のヒトが、そうなんだ、と言うものですから。どうも会計処理的なことのようで……」

ふうん、と言って佐脇は腕を組んだ。

「理解出来ない事があるなら、どうしてそのままにしておくんだ?」

はあ、すいません、と和久井は頭を下げた。

「さっぱり理解出来ん。格安で売るよりタダでくれてやる方が簡単だってのが。タダほど高いモノはないってのは常識だが、鳴海エンジニアリングは県にデカい貸しでもあるのか?」

「いや、そこまでは……」

その時、二係の刑事・樽井《たるい》が入ってきたが、佐脇と和久井を見ると慌ててそのまま回れ右をして出ていこうとした。

「おい樽井! ちょっと来いよ!」

大声で佐脇に呼び止められて、樽井は溜息をついてやってきた。

樽井警部は佐脇と同年配の中堅どころだが、大学の経済学部を出て警察に入った関係か、もっぱら所轄の二係と県警本部の捜査二課を行ったり来たりしている。一見風采の上がらない、頭が薄くてモッチャリしたオッサンだ。

「お前が和久井に喋った件、もう少し素人にも判るように解説してくれないか? 荒事専門の、一係のバカにも判るようにヨ」

小心そうな樽井はイヤイヤと手を振った。

「そんな言い方するなよ……わざわざ波風立てるなよ。いや、そもそもこの件はウチのネタだし……それに、結局、違法性もないので問題ナシとなったんだけど？」

樽井は、この無償払い下げは手続き上、まったく問題が無く、捜査の対象にはならないのだと、和久井と同じことを言った。

「まったく問題が無い？　じゃあお前はどうしてこの件を調べたんだ？　しかも和久井に話したのは何故《なぜ》だ？」

「あのな、そもそもの原因はお前だ！」

樽井はムッとした様子で佐脇を責めた。

「お前がきっちり出勤しないからだ。和久井はお前が面倒見てるんだろ！　だったら人並みに朝から出てこいよ。午前中、こいつが暇そうにしてたからあれこれ喋ってた、その話の中に出てきただけのことだ！」

めんどくせぇなあ、まったく！　と樽井はうんざりしたように言った。

「この若いのが、鳴海エンジニアリングについて教えてくださいってネタを振るから……佐脇、お前だって……つぅか、刑事なら誰にでもあるだろ。もしかしてと思ってちょっと調べたけどモノにならなかったネタってもんが。その一つだよ」

「だけどこいつはお前の口から『鳴海市内の公有地の払い下げに関して、鳴海エンジニアリングが特段の便宜を図ってもらっていた疑惑』について聞いたんだぜ。その疑惑が揉み消されて、それには県の上層部が動いて『会計処理をいじってツジツマを合わせた』んだよな？　これはなかなか穏《おだ》やかじゃねえだろ」

「それは……悪くすればそう受け取られる恐れがあることだって意味だ！　どこぞの週刊誌ならそういう記事を書いて煽るんだろうが、実際は違法性がないんだから問題はない」

「不正が露見しそうになって慌てて誤魔化したって見方はどうなんだ？」

「それも、取り方だ。実際、タダで渡す方が手続き的に簡単なんだから、悪く取られる部分はあるだろう。だけど、違法ではない。判るな？　違法じゃねえんだよ！」

樽井は自分の机の引き出しから、わざとらしくボールペンを取り出すと、「これだこれだ。これを探しにきたんだ！」と言いながら逃げるように部屋を出ていった。

「な。判るだろ？　おれはみんなに嫌われてるんだ」

そんな樽井を見送って、佐脇はボヤいた。

「いえ、自分はそうは思いませんよ」

和久井はニンマリして言った。

「避けられてるだけです。ヤバい人として」

「うるせえよ。顔に絆創膏貼ってるクセに」

佐脇は、和久井をまじまじと見つめた。

「法的とか手続き的には違法性がないということで警察沙汰《ざた》にはならないが……どう考え

ても、巧妙に、上手いことやったとしか考えられないわな。なにしろタダってんだからな」

佐脇はここまで喋るとニヤリとして、タバコのようなモノを取り出して口に咥《くわ》えた。

「あ、気にするな。これは電子タバコだから」

「アイコスも署内ではダメだぞ！」

光田が自分の席から佐脇に警告を発したが、悪漢刑事は完全に無視した。

「この無償払い下げってのはあくまで序の口で、県と鳴海エンジニアリングとの付き合いの、いわば実績づくりという意味がデカいんじゃねえのか？」

「もっと大きなハナシのための、ですか？」

そういうことだ、と佐脇は頷いた。

「この鳴海エンジニアリングって会社は胡散臭《うさんくさ》い。実に胡散臭いし、ヤバい裏がいろいろありそうだ。とはいえ今のところは、それはあくまで予断だ。思い込みだ。こういうのが暴走するとストーリーありきの見込み捜査になって冤罪《えんざい》を作り出しちまう。しかしその一方で、刑事のカンってものもある。そのカンをただの思い込みから区別するものが、裏取りだ。いいデカになるためには徹底して調べる必要がある。判るな？」

和久井は真剣な顔で聞いている。

「そこで……これは、署に来る途中の道に貼ってあったんだが」

佐脇はポケットから雑に畳んだチラシを取り出した。

『倉橋浩太朗《くらはしこうたろう》講演会〜地方の再活性化こそ急務だ！』

という大きな文字が真っ赤に躍っている。

「倉橋浩太朗……って、鳴海エンジニアリングの社長ですよね」

「そうだよ。テキの研究をしなきゃ話は始まらんだろ。とにかく、これを聞いて、勉強する必要がある」

「自分は高卒で、経済学とか経営とか、そういうの判りませんが」

「バカ。おれだって高卒だ。行くぞ！」


鳴海市文化センターの中ホールで、午後一時から講演会が開催されていた。前座は雑誌に経済記事を書いているという、経済評論家の肩書きもある人物だ。そのあとに、この講演会のメインである、地元出身の倉橋浩太朗が登場することになっている。

佐脇や和久井のような一般人には馴染《なじ》みはないが、日本経済や地域経済に多少でも関心のある人間なら倉橋浩太朗の名前は必ず知っているらしい。ある意味、今注目の、今をときめく、マスメディアのスポットライトを浴びる存在が、この倉橋である。

「……と、このプログラムに書いてある」

ホールのロビーで、佐脇は受付で貰ったパンフレットに載っている「講師のご紹介」のページを和久井に見せた。

そこには、仕立てのいいスーツを着て自信満々に微笑《ほほえ》んでいる、少壮《しょうそう》の実業家の写真が大きく載っていた。

「写真で見るかぎりでは、なんだかいけ好かない野郎だ。倉橋は慶應《けいおう》の経済学部を卒業後、ハーバードの大学院に留学中に、現首相と昵懇《じっこん》の仲になったそうだな」

佐脇がネットで調べたばかりのうんちくを垂れると和久井は素直に感心した。

「へー。今の総理大臣ってバカなのかと思ってましたけど、ハーバードの大学院なんですか！」

凄いじゃないですか、と和久井は目を丸くしている。

「まさか、なんちゃってハーバードじゃないでしょうね」

「有名人はそういう学歴詐称《さしょう》をして経歴を盛ることがままあるが……さすがにそれはないんじゃないか？　ばれた時ヤバすぎるだろ」

プログラムによれば、倉橋浩太朗はハーバードのビジネススクールでＭＢＡを取り、国際的な経営コンサルタント会社のマクドウォール＆カンパニーで経営アナリストとして世界を股《また》にかけて活躍後、地元経済の活性化を果たすべく、出身地である鳴海に戻って経営コンサルタントを開業した。最初はローカルの小さな会社だったが、倉橋の助言を求めて全国から依頼が殺到するようになり、近年は日本全国を飛び回って大規模な開発・再開発を手掛けてめざましい業績を上げている、らしい。

「パンフレットとはいえ、こんなこと書いちゃって大丈夫なんすかね？　税務署的・マスコミ的にはほとんど儲かってない田舎の零細企業って設定っすよね？」

首を傾げる和久井の肩をポンと叩いて、佐脇は会場に入った。和久井も慌てて続いた。

会場はほぼ満席だ。客層のほとんどが年配の、地場産業の社長か、自営業のオーナーといったところか。熱心な「会社経営者」の加齢臭が場内に漂っている。

ステージでは知性的なアラサー美人が何か喋っているが、経済用語らしい単語が耳を素通りするだけで、何を話しているのか全然理解出来ない。

さしずめアナウンサー崩れかなにかのタレントが、ニワカ仕込みの、時事解説もどきをやってるんだろう、と佐脇は思った。どうせ前座だ。

話はつまらないし全然頭に入ってこないが、大変な美人ではある。目鼻はすっきりして理知的に輝いているし、まっすぐなロングヘアが艶《つや》やかで、スタイルも抜群だ。美脚にヒールをコツコツと響かせてステージ上を歩く姿は、さながらＳＭクラブの女王様が私服でレクチャーしている錯覚《さっかく》に陥《おちい》りそうだ。

訳の判らない話を延々聞かされる拷問《ごうもん》プレイか、と佐脇は思った。

意味不明ながらパワーポイントの画面を指し示す女王様の腕と腰のくびれ、すっと伸びた指先、そして（全然面白くはないが）得意げに話す、その顔は美しい。

佐脇はその美人タレントに見惚《みと》れたが、会場は全然ウケていないし反応もない。ジョークを飛ばしたらしく、言った当人が笑っているが、客席は静まりかえったままだ。それどころか、「早く引っ込め」という無言の空気が徐々に高まっていくのを佐脇は肌で感じた。観衆が貧乏揺すりをしたり眼鏡《めがね》を拭いたり生あくびをかみ殺したり、退屈しているのがハッキリ判ったからだ。

「……それでは、私の『大都市の経済圏に吸収される地方都市の問題点』についての話はこの辺で……今お話ししたことに関しては、読みやすい新書にまとめました。ロビーで売っておりますので、宜しければ……」

咳払《せきばら》いがあちこちで起こった。もういいから引っ込め、というアピールだ。

「おい。最近はタレント風情《ふぜい》がイッパシに経済問題に関する本を書くのか？」

思わず和久井に訊いたが、和久井は当然、まったく知らないらしく、意味不明の曖昧《あいまい》な笑みを浮かべただけだ。

美人タレントが引っ込むと、プログラムの顔写真よりは多少老けて体重も重そうな倉橋が、ハンドマイクを持ってゆっくりと現れた。

だらけていた会場の空気は一変して、割れんばかりの拍手が巻き起こり、観客は総立ちの、スタンディング・オベーション状態になった。

「あ、みなさん、有《あ》り難《がと》うございます。有り難うございます。ご着席ください。倉橋でございます」

皆さんご存じのという感じで、口にマイクを近づけすぎた特有の籠《こも》り気味の音で、倉橋は自己紹介から話を始めた。

「私は、この小さな町……昔は港で繁栄《はんえい》したけれど、今は廃《すた》れてしまったこの鳴海から事業をスタートさせました。私の人生の最終目標は、鳴海市が昔以上に繁栄して、この町に住む人がイキイキと暮らせるようにすることです」

ここで盛大な拍手が湧いた。なんせ、ここ十年以上、鳴海にはまるでいい話がない。港に船は寄り付かず、大きな工場も移転してしまい、働き口がないのだ。

「今、地方の喫緊《きっきん》の課題は、縮小していく地方経済をいかに再興して活力を持たせるかです。以前の日本の日本を輝かせた工場は中国やアジアに移転してしまいました。企業の経営者は日本の熟練労働者よりも、未熟でも安く使える外国人を選んだのです。それには、日本がこれ以上力を持って世界経済を牛耳《ぎゅうじ》らないようにするという、アメリカの強い意向もありました。『年次改革要望書』というやつで、日本企業の工場の海外移転や、中国や韓国企業への技術供与も強く求められました。その結果、ご覧ください。中国は世界第二位の経済大国となり、半導体では韓国企業が世界をリードしています。しかしこれは本来、日本が享受《きょうじゅ》すべき果実だったのです」

倉橋は立て板に水の熱弁を振るい、観客の心を一気に摑んだ。

「しかし、世界の経済構造がこうなってしまった以上、もはや後戻りは出来ません。では今の日本はどうすべきか？　問題は、そこです」

倉橋はそこで言葉を切って客席を見渡した。

「あの社長、自分でも答えがないんじゃねえか？」

一番後ろの席に座った佐脇は、和久井に囁《ささや》いた。

「皆さんも各自、それぞれ考えて欲しいってな顔をしてるけどな」

壇上の倉橋は水を一口飲んだ。

「今、日本では、東京への一極集中が激しい。福岡でもなく名古屋でもなく大阪でもなく、東京なのです。企業も大学も、何もかもが東京に集中しようとしています。何故でしょう？　中央官庁が東京にあるから？　多くの企業が本社を東京に置いているから？　しかし、東京に集中するのはオフィスの維持費はもちろん、人件費を考えても無駄ばかりです。どうして地方の活用を考えないのか！　地方にあり余る人材・土地・電力などを有効に活用しないのか！　国土のすみずみまで大容量の光ケーブルが張り巡らされている今、地方にオフィスを構えない理由の方が思いつきません！　地方を利用すれば、国力は必ずや増すのです」

そこで会場からは大きな拍手が湧き起こった。

客席を見渡すと、さっきまで壇上にいた「ウケない美女」が客席後方に立っていて、満面の笑みで盛んに拍手を送っている。

そして……客席の隅には、あれほど鳴海エンジニアリングの疑惑を否定していた、鳴海署捜査二係の樽井までがいるではないか。

それから九十分。倉橋は、地方都市のポテンシャルを発揮させることこそが地方再活性化につながり、新しいビジネスモデルを作り出せるということを喋りまくった……らしい。

らしい、というのは、佐脇も和久井も、あまり理解出来なかったからだ。


「まあ、お題目としては、言ってることはその通りだと思うけどな」

講演会が終わって、佐脇と和久井は文化センターを出た向かいにあるアーケード繁華街・南新町《みなみしんまち》を歩いた。

繁華街と言っても、「昔の」がつく。昔の南新町といえば、老舗《しにせ》のデパートがあり老舗の各種専門店が軒《のき》を並べ、平日でも昼間から多くの買物客が繰り出す、鳴海で一番の繁華街だったのだ。しかし今は、店舗には軒並みシャッターが降り、取り壊されて更地になっているところも多い。まるで歯抜けのようになっている。開いているのは回転寿司にラーメン、牛丼、カレーといったB級グルメの店ばかり。しかも全部、日本全国どこにでもあるチェーン店だ。アーケード街に面しているのにマンションになってしまった区画もある。

「港もなくなり工場もなくなったら、店だってなくなる。つーか、店はあるんだ。郊外にな。多少遠くても車で行けて駐車場があれば、そっちにみんな行ってしまう。しかし、車がない連中はどうする？　バスだってそんなに走ってないし」

「ゆうべから同じようなこと言ってますね、佐脇さん」

「大事なことは何度でも言う」

二人は、閑散《かんさん》とした元繁華街を歩いた。

「ホントにな、この町に住んでる連中は、どうやって食ってるのか不思議に思うことがあるよ。おれたちは公務員だから税金で食ってるが……みんなどうやって税金払ってるんだ？」

「ええと市役所の職員に学校の先生……あ、これ、みんな税金ですね」

「鳴海は事実上、ベッドタウンだから隣町に働きにいくか、新しく出来た港で働くか……あとは、農業か漁業か」

アーケードを見上げると、久しく補修工事がされていないので、鉄骨の骨組みは錆《さ》び、天井の半透明のスレートも劣化《れっか》して、ところどころ穴が開いている。

「中学時代、ここに店を持ってたヤツがいてな。もちろんそいつじゃなくて、そいつの親が店を経営してたんだが、えらく金持ちで羽振りがよくて、家に遊びにいったら最新鋭のステレオやビデオや楽器とかあって、眩《まぶ》しかった……」

「その店はまだあるんですか?」

「ないねえ。今その前を通ったんだが、マンションになってた」

その時、コロコロと空き缶が、佐脇の足にまとわりつくように転がってきた。

思いっきり蹴ると、かーんという音がアーケードに響き渡った。

「ああ、なんか気が晴れねえ。飲みにでもいくか?」

「署に戻らなくていいんですか?」

「いいよ。もう五時過ぎたろ。帰ってこなきゃ飲み屋に直行したと思ってるさ」

佐脇は、この元繁華街の裏手にある、昔は高級レストランや割烹《かっぽう》が並んでいたあたりに足を向けた。

「いつもいつも妖しげな二条町じゃ芸がねえや」

と言った佐脇だったが、角を曲がった途端、目の前に広がった光景に呆然とした。

店が、ない。

あるのは駐車場や、店を改装した一般民家ばかりだ。

「ここ何年か来てなかったんだが……まさか、こんなことになっているとは」

その中でも、目を凝《こ》らすと数軒の店はあった。しかしどの店の看板にも、よく判らない文字が派手に書かれている。

「……あ、これ、シュラスコですよ。へ～鳴海でシュラスコが食えるんだ！」

一切の感慨《かんがい》がない和久井は目を丸くして素直に喜んでいる。

「なんだそのシュラスコってのは」

「デカい肉を串刺しにして丸焼きにして、それを客のテーブルでそぎ落として食うんです。ブラジル料理らしくて、牛、豚、羊に鶏といろいろあると」

大阪で食べた、と和久井は嬉《うれ》しそうに言った。

「入りましょう佐脇さん！」

扉を開けると、店内はいかにも手作りで内装をやりましたという感じの設《しつら》えだった。元は和風だったと思《おぼ》しい砂壁を赤いペンキでベタベタと塗り、そこに英字新聞を貼り付けて無国籍風な雰囲気を出そうとしている。椅子とテーブルは和風のまんまで、明らかに元は蕎麦《そば》屋だったと判るのだが、ほぼ満員の客たちはそんなことはまるで気にせず、肉と酒を楽しんでいる。

オシボリを持ってきた店員をはじめ、店のスタッフはみんな若い。

「当店のシステムはご存じでしょうか？」

「普通のシュラスコだよね？　食べたい時に合図すれば、肉を持った店員さんがテーブルに来てくれるんでしょ？」

和久井はこういうことには詳しい。

「九十分食べ放題です。飲み放題にもしますか?」

「して貰おう。とりあえずビール。食い物は肉以外のものはないのか?」

佐脇はメニューを探したが、居酒屋のように壁には貼っていない。

「サラダとかポテトとかパンもあります」

「じゃあ和久井、適当に頼んでくれ」

どうやらこの裏通りは寂れ果てて家賃が安いので、シュラスコとかベトナム料理とか、鳴海にはまだ馴染みが薄いモノを出す、若者が経営する店が集まってきたらしい。

「倉橋大先生が言ってた『地方再活性化』を実践してるじゃねえか! まあ乾杯だ!」

佐脇は子分とビールのジョッキを空け、肉を頬張った。

「美味い! なかなかいけるじゃねえか」

赤身をじっくり焼いた、そのお焦げ部分が香ばしくて美味い。塩だけで味付けしているのでビールがどんどん進む。

店内を占める若者も、鳴海にこんなに若いヤツがいたのかと思うほど集まっていて、元気に飲み食いしている。

「そうだ。樽井を呼び出そうぜ。あいつ、違法じゃねえから鳴海エンジニアリングは捜査してないとか言いやがって、しっかり客席にいただろ。やっぱり倉橋を追ってるんだぜ、アレは」

佐脇が電話すると、樽井がすぐに応答した。

「南新町の一本裏手のシュラスコ屋にいる。出て来いや！」

樽井は、講演会のあと行われているレセプションに顔を出していると答えた。

「どうせそんなのシケた立食パーティで、ロクに食い物ないんだろ？　こっちは肉食い放題だぜ！」

電話を切って五分後、樽井は店の扉を開けた。

「おう樽井！　まあ座れ。どうせお前は、どんな連中がレセプションに顔を出して、倉橋とどんな話をしてるか探ってたんだろ？　まあまあ」

佐脇は、ムッとした表情になった樽井にビールのジョッキを渡し、肉が山盛りになった皿を押しつけた。

大きな塊肉《かたまりにく》からそぎ落とされたビーフのイチボやランプ、リブはジューシーで、噛めば噛むほどに赤身の滋味《じみ》と、脂身の甘さが口中に広がる。ポークもチキンの手羽先も、塩だけのシンプルな味付けが肉の旨味を引き立てている。

「おお、美味いな、これ」

樽井は夢中で肉を頬張り、ビールをゴクゴクと喉を鳴らして飲んだ。

「いや～パーティなんかでお上品にオードブルを摘《つま》んでも全然腹は膨れないからなあ！」

「樽井さん、この刻み野菜入りのソースをつけて食うのも美味いっすよ」

和久井の言うとおり、玉ねぎやピーマン、トマトの微塵《みじん》切りを酢やオイルに混ぜたソースがまた食欲を刺激して、どんどん食える。

樽井の表情も綻《ほころ》んで、口も軽くなった。

「佐脇、実はお前の見立て通りだ。聞き耳を立ててたんだが、おれは二係の刑事だってメンが割れてるから、たいした話はしてなかったな」

「顔ぶれだって、鳴海商工会の連中とか、あの講演会の主催者の地元新聞社の連中とかの、お決まりの面々だろ?」

「ああそうだよ」

樽井は、酔ってくるといっそう口が軽くなった。

「佐脇にはみんなお見通しだから言ってしまうが、そうだよ。おれは倉橋というか、あの会社を怪しんでるよ。つーか、鳴海で経済犯罪をやれる力があるのは、鳴海エンジニアリングだけってこともあるけどな。オレオレ詐欺とか地面師のペテンは、おれが出ていくほどのモノじゃねえし」

樽井は自分をかなりの大物・経済事件の専門家だと、自ら恃《たの》むところが厚いようだ。

「そうか。樽井先生がお出ましになる案件はそうそうは無いってか。おれなら酔っぱらいの殴り合いから痴漢まで、お呼びとあらばすぐ出動するけどな」

「ば～か。粗暴犯の一係と一緒にするな。知能犯の二係、特におれは高度な大型犯罪しか扱わない」

「けど、それって県警捜査二課の領分では？」

和久井が口を出したので、樽井は途端に機嫌が悪くなった。

「お前みたいな若造は黙っとけ。暴走車の追跡もロクに出来ない、半端者の交通課上がりが！」

樽井は差別意識丸出しで和久井を罵《ののし》った。大物ぶっているが、かなりストレスが溜まっている様子がミエミエだ。佐脇はそんな樽井に訊いてみた。

「倉橋って、鳴海じゃ出世頭のホープで、ほとんど救世主みたいな感じだけど、ホントのところはどうなんだ？　ヤバいヤツなのか？」

「決まってるだろ！　こんな場末の町で真っ当なことしてても金なんか儲からねえよ」

「そりゃまた猛烈な偏見《へんけん》だな……」

佐脇は樽井の極端な物言いを笑った。

「いや、偏見なんかじゃない。とにかく、あの連中は頭がいいんだ。場末の小さな会社ってことを隠れ蓑にしてる」

「しかし、講演会であんなデカい態度で地方の再活性化を論じて、おまけに信者みたいなのがあれだけついてるんじゃ、全然隠れ蓑になってねえじゃねえか！　その意味じゃあ、大して頭がいいとは言えないな」

雉《きじ》も鳴かずば撃たれまいに、と佐脇は付け加えた。

「まあ、そのへんが悩ましいところなんだろう。自己顕示欲《けんじよく》に勝てないってこともあるが、ある程度宣伝しておかないと講演会のお座敷もかからないし、自分を高く売りつけられないって事情もありそうだな」

樽井はジョッキをお代わりして言った。

「コンサルタントなんて、所詮《しよせん》名前で商売してる虚業《きよぎよう》に過ぎん。イメージ商法だよ」

「倉橋の商売の実態について、教えろよ」

佐脇は樽井に迫った。

「まあそんなのはネットで調べればすぐに出てくることなんだけどな……鳴海エンジニアリングは、県政のレベルで贈収賄《ぞうしゆうわい》事件に絡んでる噂がある。今から十年前くらいのことだが、鳴海エンジニアリングは県庁の幹部に賄賂《わいろ》を渡して県有地を安価に取得、県外のデベロッパーと組んでショッピングセンターを建てた。その結果、市内の繁華街が壊滅《かいめつ》状態になったんだが、倉橋は知らん顔をしてる。その上、これを再開発の成功例として県外にもせっせと売り込んで、似たようなパターンで仕事を続けてる。最近はもっと悪質になって、公共の学校や病院を建てるから土地をタダで寄越《よこ》せとか言い出して、具体的な数字を出して、役人や政治家を丸め込もうとしてる」

「タダで土地を寄越せ？　まさかそんなことが。しかし、違法だという証拠はないんだろ？　法律や制度の盲点《もうてん》というか抜け道を巧みに突いてくるんで、限りなくグレーだけど立件出来ないってだけの話だろ？」

佐脇にそう言われて、樽井は「ああ」と答えるしかなかった。

「おれはケーザイとか政治とかにはど素人だけど、あれだろ、倉橋と今のソーリ大臣は、ハーバード留学中に仲良くなったんだろ？」

「そう。その関係で接近して昵懇《じっこん》の仲だそうだ」

「ソーリ大臣が口を利けば、普通に考えれば、滅茶苦茶《めちゃくちゃ》有利だよな？　おれたちだって、署長の紹介状とかあれば、いいところに再就職できたりするもんな」

「そういうこと。だけど、そういう口利きを罪に問うのは非常に難しいんだ。『話をしていて友人の名前が出ただけのこと』とか『友情から、どうぞ宜しくと言っただけ』と言い逃れられたら、それは違法ではない以上、追及のしようもない」

「物凄く偉いヒトのレベルになると、話題に上っただけで、相手が気を遣うしな」

「それこそがまさに、アレだよな。口に出したくない言葉だが」

佐脇と樽井は「忖度」という言葉を音にするのもイヤだった。

「ええとアレっすよね？　今先輩たちがお話しされてるのは、ソンタクってアレっしょ？」

和久井がアッサリ言ってしまったので、佐脇と樽井のおじさん二人はどっと疲れた。

「何も知らねえってのは強いな……」

「だって、そういうことなんでしょう？　エラい人本人はハッキリ口にしないけど、周囲がいろいろ気を回して、『そういうことを言いたいのね』ってことで……後から、『こうなりました』と報告したら『よくやった』と褒めて貰えるという……」

「そういう展開じゃ、確たる証拠は何処《どこ》にもないから、立件するのは至難《しなん》の業《わざ》だよなあ」

佐脇は樽井を気の毒そうに見た。

「一係の案件なら殴る蹴るの暴行やキッタハッタだから、一目瞭然《りょうぜん》の動かぬ証拠っても んには事欠かないんだがな」

佐脇はタバコに火を点けて、樽井に向かって吐き出した。

「いや、実に気の毒だ。目の前にネタがぶら下がってるのにモノに出来ないのは、さぞや悔しいだろうなあ」

「同情するな！　同情するならネタをくれ！」

樽井が叫んだが、和久井は何のことだ？　とポカンとしている。

「ま、とにかくだ」

和久井のような若い世代には通じる筈《はず》もないギャグを、佐脇もサラリと無視した。

「そうやって、法の隙間を何度もかいくぐるうちに虚名は膨らむ。政権中枢《ちゅうすう》に太いパイプがあるって評判は、政商としては最大の武器だ。あのヒトに話を持っていけばなんとかして貰える、そういう虚名で充分商売になると踏んだ倉橋は、それを存分に活用してるわけだ」

佐脇はふと、思いついた。

「だったらだよ。倉橋は別人の名義で隠し預金口座とか、飛ばし用のペーパーカンパニーとかを持ってるんじゃないのか？　ケイマン諸島とかのタックス・ヘブンだって使ってるんじゃねえの？」

佐脇はこの前の事件で、タックス・ヘイブンのことを多少は学んでいる。

「それを言うなら税金天国じゃなくて『タックス・ヘイブン』な。税金回避地って意味だ」

樽井は訂正して付け加えた。

「まだそこまでは調べてない。時間がかかるし、二係の係長は、具体的なネタが無いなら触るなって方針だし」

「県警の捜査二課は動かねえんだろ？」

樽井は、頷いた。

「しかしなあ。そういう、今をときめく倉橋の会社の幹部社員……取締役か、そいつが飲酒運転だかなんだかで暴走して事故るなんて、普通は考えられないよな？」

「考えられないな」

樽井はまたも頷いた。

「どうもな……あの会社の主戦場はここじゃないし、ここは単なる登記上の本社所在地だから、動きもない。東京の知り合いに訊くのもなあ……」

佐脇の重要な情報源は、東京のキー局でキャスターをやっている巨乳の元愛人・磯部ひかると、警察庁の次期次長の呼び声も高く本人もその気になっている入江雅俊《いりえまさとし》だが、どちらも気安くは使えない。特に入江は曲者《くせもの》なので、情報を貰って得をする以上の対価を支払わなければならなくなる危険性がある。

というよりも大体において「手柄を横取りされ美味しいところを持って行かれる」結果になる。それはまあ笑って許せるが、本音としては、心から気を許せる相手ではない入江には、あまり借りを作りたくない。

佐脇は、首を捻《ひね》ってどうしたものかと思案した。

考えていると……どういうわけか、腹にまたもあの違和感というか不快感が湧いてきた。

鳩尾《みぞおち》から下腹部にかけての鈍痛。我慢出来ないほどの痛みではないが、息苦しいし姿勢を変えても痛みは和《やわ》らがない。この痛みを無視して談笑し続けるのは、なかなかしんどい。やっぱり余命は一年なのか？　だったら節制なんかしないで好きなものを好きなだけ飲み食いして、太く短く生きたいじゃないか……。

「佐脇さん？　どうかしたんですか？」

佐脇の異変に、和久井がいち早く気づいた。

「いや別に、なんでもねえよ。脂っこいものを一気に食ったんで腹にもたれた」

「佐脇もトシか！」

そう言って樽井が大笑いした。

そこに、店の扉が開いて「席、あります？」と澄《す》んだ女の声がした。

どこかで聞いた覚えがある……と入り口を見ると、見覚えのある女が立っている。

「すみません。あいにくちょっと満席で……」

と店のスタッフが断っている。

「そうなの？　この辺、ほかにお店ないし、久しぶりにシュラスコをガツンと食べたかったのに」

とその女は諦めきれない様子で店内を見渡している。

「あ……御堂瑠美《みどうるみ》」

樽井が呟いた。

「は？　誰だそれ」

「お前、講演会にいたろ？　倉橋の前座で喋ってた講師がいたろ」

「ああ、あの美人タレントの名前が御堂っていうのか」

「いやいや御堂瑠美はタレントじゃないぞ。そうじゃなくて」

などと、佐脇と樽井がゴチャゴチャ話していると、それに女性の方が気づいて、ずんずんとこちらに歩いてきた。

「あの、失礼ですが、先ほどの講演会にいらしてましたよね？」

「え、ええ……そうですが」

と佐脇と樽井が同時に返事をしたが、女性は樽井に顔を向けた。

「レセプション・パーティにもいらしてましたよね？　商工会か県の方ですか？」

「ああ、いえ……その」

樽井は顔を赤らめて、しどろもどろになった。田舎にはちょっといない、華やかで知的な美女が至近距離に出現したので、どぎまぎしているのだろう。

「我々は、警察です。地元の鳴海警察署の」

平然と名乗った佐脇は、樽井をからかった。

「だからお前、ウソなんか付いてもすぐにバレるんだよ」

「え？　警察の方！　あら？　警察の方がどうして講演会に？」

「勉強のためですよ」

佐脇は臆面《おくめん》もなく言い切った。

「犯罪は日々、高度になっていきます。悪党どもは最新の知識と技術を悪用して、いろんな新しい手口で悪事を働こうとしています。それに対する警察も、最新のあれこれを常に学ばねばなりません。日々これ精進《しょうじん》。その精神で日夜、この鳴海に住むヒトビトの平和と安全を守るべく、励《はげ》んでおります」

佐脇はそう言うと、美女に一礼した。深く頭を下げると腹の痛みが結構響く。

「立派なお心掛け、感服致します」

美女も一礼して、ああ失礼と言いながら名刺を出した。

「私、地元の蛍雪《けいせつ》大学法経学部の経済学科で講師をしております、御堂瑠美と申します」

渡された名刺には非常勤講師とあった。

「あ、あの三流……」

佐脇はそう言いかけて慌てて言葉を切った。

「てっきりタレントさんかと思ってましたよ」

「三流のタレント?」

瑠美は笑って見せた。

「いえいえとんでもない。実にお綺麗で洗練されてるから、てっきり東京で、経済方面のキャスターか何かをなさってる方だと思ってました」

地元には旧医専だった国立大学があって名門とされているが、そこには入れない進学希望者の受け皿が、私立の蛍雪大学だ。地元中小企業の、勉強嫌いのお坊ちゃま御用達《ごようたし》だから、就職率だけはいい。実家を継げばいいのだから。

「おっしゃる通り、蛍雪は三流私立ですけど」

「いやいや、蛍雪なんかにいるのはもったいない！」

佐脇が持ち上げると、瑠美はちょっと複雑な表情を見せた。

「御堂さんって、やんごとなき御血筋だったりするのかな？」

失礼ついでに佐脇は訊いてしまった。

「まあ……出は京都らしいんですけど……」

彼女は言葉を濁《にご》した。

名刺の裏には略歴が書いてある。高校から慶應の付属で、プリンストンに留学した後、東京の、佐脇が聞いたこともない、つまり必ずしも有名ではない大学の研究員や助手を経《へ》て、蛍雪大学に来たことになっている。

「あのう……席がないそうなんですけど、ご一緒しても宜しいでしょうか？」

瑠美が口では申し訳なさそうに、しかし自分が頼めば嫌だとは言わないだろうという、自信に満ちた表情で頼むので、佐脇はどうぞどうぞと自分の横の席を勧《すす》めた。四人掛けの席で、和久井と樽井は佐脇の向かいに並んで座っている。

「ではお言葉に甘えて……シュラスコにはコロナビールよね！　それに塩も。それと皆さんと同じで……食べ放題ですよね？」

運ばれたコロナビールの瓶《びん》に、カットされたライムを押し込むと、しゅわーっと泡立つ。その瓶の縁《ふち》に塩を載せて、瑠美は得意そうに飲んだ。

「これが本場の飲み方だから！」

「コロナって、メキシコのビールですよね」

和久井の言葉に瑠美は「そうよ？」と答えた。

「シュラスコってブラジルですよね」

一瞬、瑠美は「う」と言って詰まった。しかしすぐに態勢を立て直した。

「同じ南米だからいいじゃない。コロナの本場はメキシコでシュラスコはブラジル。何か問題でも？」

どうなの？　と挑戦的な目線を投げてきた瑠美に、和久井は軽く頭を下げて「イエ別に」と答えた。メキシコは南米ではなく中米だと指摘しようとして佐脇も思いとどまった。

「シュラスコに詳しいアナタ、絆創膏がなかったらけっこうイケメンなのに惜しいわね」

一応、勝ちを収めた彼女は妙な負け惜しみを言って肉を頰張り始めたが、男たちの視線が自分に集まっているのに気づいた。

「みなさん、お食べにならないの？」

「あ、もうずいぶん食べたんで」

樽井が少し顔を赤らめて、言った。

「そうですか。では私は遠慮なく。パーティが長くてお腹が空いてしまって」

御堂瑠美は旺盛《おうせい》な食欲を示して、大いに食い、飲んだ。

その様子を全員が見ていることを意識したのか、瑠美は樽井に話を振った。

「皆さん、もしかして、倉橋さんについて話してたんじゃないですか？」

「その通りですが」

樽井が答えると、瑠美は一同をじっと見た。

凄みすらある美女に見つめられると、田舎のオジサンはドキドキしてしまう。佐脇も少々、血が騒いだ。

「倉橋さんに犯罪の臭い、とか？」

佐脇も樽井も和久井も、全員がイエイエとんでもないと手を振った。

「まあ、倉橋さんはこんな田舎から出て、中央でも影響力のある存在になったんだからスゴイねえという話ですよ」

「そうですよ。倉橋さんは経済関係の審議会や懇談会など、政府の集まりに始終呼ばれています。分科会では座長を務めたりしていますから。政権幹部……いえ、もっとハッキリ言えば、内閣総理大臣と、とても近しい存在ですからね、ある種、経済分野での顧問みたいな形で、情勢分析とか政策について判りやすくお話しなさってるようですね」

「つまり総理レクができる立場にあると。そういう立場が、自分の会社や仕事に大いに寄《き》与《よ》してますよね？」

樽井が真面目に訊いた。

「それはそうですよ。誰もがなりたがる立場です。そもそも政府の会議に呼ばれても雀《すずめ》の涙程度のお金しか出ません。自分の貴重な時間を割《さ》くことを考えると大きな損になります。それでも総理大臣と太いパイプで繋がっていることで、倉橋さんの価値は物凄く上昇しているんですよ。それこそタレントで言えば大ヒットを飛ばして、大きな冠《かんむり》番組を持ったくらいの大成功ですよね。トレードオフの考えで言えば、犠牲を払った結果の成功と言うことになります」

「なんだその『トレードオフ』ってのは？」

佐脇は知らないことは知らないとハッキリ言う。

「簡単に言ってしまえば、『どっちを取れば得するか』の考え方です。世の中すべて、コチラを立てればアチラが立たずってことばかりですよね？　そういうとき、どう考えれば割り切れるか、という考え方なんです。一例を挙げれば五〇〇〇万円かけて昏睡《こんすい》状態の一人の子供を一カ月延命させるか、一人五〇〇〇万円で十人の子供に手術を受けさせるかの選択ですね。相反《あいはん》する二つの問題についてどう判断するか、なんです。『失業率の低下と物価上昇』『福祉への公的支援の拡大と国民の税負担の増加』『経済成長率の高まりと環境破壊の進行』みたいな問題は、あちらを立てればこちらが立たずでしょう？　高福祉なら増税しないと財政が破綻《はたん》、あるいは工場がたくさん出来れば儲かるけれど環境が破壊される……さあ、どっちを選ぶ？　ということです」

「どこにでもある話だと思うが、それが経済学の理論になるのか？」

佐脇は食いまくった肉のせいか、痛む腹をさすりながら首を傾げた。

「なりますよ。これでほとんどの経済活動が説明できます」

「だったら、こういう話はどうだ？　倉橋社長は、県の土地を巧いことやってタダで貰い下げているらしいが、それもその『トレードオフ』の理屈で説明できるのか？」

「できますよ。誰もがそれに納得するかどうかは別として」

瑠美は平然として、言った。

「地方自治法第九十六条は、『地方公共団体の議会は、次に掲《かか》げる事件を議決しなければならない』として議決が必要な事項を列挙していますが、その六。『条例で定める場合を除くほか、財産を交換し、出資の目的とし、若《も》しくは支払手段として使用し、又は適正な対価なくしてこれを譲渡し、若しくは貸し付けること』とあります。この『条例で定める場合を除く』がポイントなんです。すなわち、公共の財産を譲渡する際には基本的には『議決』が必要ということになってはいますが、例外があるということなんです。条例に定められてさえいれば議決が不要なんです。そして、ほら、これを見てくださいね」

御堂瑠美は、高価そうなブランドバッグから取り出したタブレット端末に、条文を表示させた。

「鳴海市の『財産の交換、譲渡、貸付け等に関する条例』の第四条です。いいですか？ 読み上げますよ。『普通財産は、次の各号の一に該当するときは、これを無償または時価よりも低い価額で貸し付けることができる。その一、国、他の地方公共団体その他公共団体または公共的団体において公用、公共用または公益事業の用に供するとき』と、ハッキリ書いてあるでしょう？ つまり、公共のためと認定されさえすれば、議会をスルーして無償で払い下げができると規定されてるんです」

しかもそういう条例を定めている自治体は鳴海市だけではない、と瑠美は言った。

「そりゃすごいな。ちっとも知らなかったよ、そんなこと」

佐脇は素直に驚いた。

「例えばおれが鳴海市役所に行って、あれはいい土地だから寄越せと言えば貰えるのか？ それもタダで？ そんなことが可能なのか？」

「可能です。その土地の使用目的に公共性があればいいんです。うるさい議会は抜きにして払い下げが出来るんですよ。そこで問題になるのは、『公共のため』という規定が悪用されていないかというポイントです。けれども地方自治体が発展して潤《うるお》うならば『公共のため』と言えますよね？ 仮にある段階で一時的に、例えば倉橋さんから県なり市なりにワイロが贈られて、一時的に不正な形で、県民や市民の財産である県有地や市有地が、無償で倉橋さんの手に渡ったとしましょう。けれどもその結果、雇用が生まれ、県や市の税収が増え、観光客が増えたり全国的に話題になったりすれば、トレードオフ的には大成功、そういうことになるんですよ」

「そんなに一気に長々と言われてもなあ。こっちはオッサンで酔っ払ってるんだぞ」

佐脇が文句を言った。

「早い話が、鳴海市の条例で、そう決まってるってことなんだな？」

「そうです。ほら」

瑠美はタブレットに表示されたその条文を改めて全員に見せた。

「いやしかしこれは……おかしいだろ？　タダで土地を払い下げるのに議決がいらないなんて。おれたちが素人なのをいいことに、ペテンに掛けようとしていないか？」

「っていうか、わざわざ『トレードオフ』とか横文字にしなくても『損して得取れ』っていう、昔ながらの商売の鉄則でも説明が付くように思えますけどねえ」

佐脇よりアタマがいい樽井が瑠美に言った。

「そうですね……『損して得取れ』と『トレードオフ』はちょっと違いますけど……経済は人間の営《いとな》みですから、いろんな表現をすることは可能だとは思います」

瑠美はそう言ってニッコリ笑うと、ふたたび食べることに専念した。

さんざん飲んで、肉を何度もお代わりして、瑠美は満足してニッコリ笑った。

「あ〜大満足しました！　私、こう見えて肉食なんです」

「いや、それは見ているだけで充分判りましたよ」

彼女の食べっぷりに感嘆していた佐脇は、サラリと言った。

そこへ、「どうもどうもいらっしゃいませ御堂先生！」という声とともに登場したのは、先日佐脇に挨拶をしていた若手ヤクザの島津だった。大きなエプロンに頭にはバンダナを巻いた姿で、今まで厨房《ちゅうぼう》にいましたという感じでの登場だ。

「これからもどうぞご贔屓に。ワタクシ、当店をやっております島津と申します」

丁寧《ていねい》に頭を下げる島津に、瑠美は鷹揚に頷いた。

「とても美味しかったです。若い方がこういう、以前は鳴海になかった業種のお店を手掛けるのは、この地域の活性化にも繋がって、大変いいことだと思います」

それを聞いた島津は、鋭い目付きに似合わない、柔和《にゅうわ》な笑みを浮かべた。

「そう言っていただけると、ワタクシどももファイトが出ます。で、あのう……」

島津は後ろ手に隠していた色紙とサインペンを差し出した。

「宜しかったらご来店の記念に、一筆」

「あら。私ので宜しければお安い御用です」

瑠美は色紙にサラサラと芸能人のようなサインを書き、今日の日付も入れ、その余白に可愛《かわい》い女の子のイラストまで書き添えるサービスぶりだ。

「ああ、どうも有り難うございます！」

島津は最敬礼してその色紙を押し頂いた。

「じゃあ私はこれで！」

どうもでした、と立ち上がった瑠美は華やかに頭を下げ、元気よく店を出て行った。

残った男たちは、人気絶頂の有名人を見送るように呆然としている。

「じゃあ佐脇さん。ごゆっくり」

島津は佐脇にニッコリした。

「あ？　ここのオーナーさん？」

ヤクザじゃなくて？　と戸惑う和久井に、佐脇は「島津君は青年実業家だ」と言った。

それでは、と厨房に去っていく島津の背中に「ビールくらいサービスで持ってこい！」と佐脇は怒鳴った。いつの間にか腹の痛みは消えていた。

「このご時世、ヤクザが自前のシノギを確保するのは当然のことだ」

調子が戻った佐脇は、和久井に教えてやった。

「あ、じゃあやっぱり……この店は」

佐脇は、そうだよと頷いた。

「……御堂先生は気軽にサインなんかしちゃって、ヤクザと付き合いがあるとかマスコミに書かれないかな？」

「そうだな……」

樽井も真剣に心配する顔になった。

「これからのヒトなんだから……だったら佐脇、お前はどうして注意しなかったんだよ?」

「島津だってこの店で生き延びようと頑張ってるんだぜ。それを挫《くじ》くような真似をするのは人間としてよくないだろ?」

そうですよ、と和久井も佐脇に賛同する。

「あのセンセイ、まだまだそんなに有名じゃないですから……それに、ヤクザがやってる店なんて山ほどあるじゃないですか?」

「しかしマスコミってモノは、政治経済を語る人間に完璧な道徳を求めるからなあ……」

佐脇はそう言って、複雑な表情になった。

「あんな美人で、学もあって、実家も太いかも知れないんすよね?」

と感想を述べたのは和久井だ。

「見た目だけなら東京のテレビでコメンテーターやってても当然みたいに思うんすけど……なのに、こんな田舎のFラン大学で、しかも名刺を見たら教授でもなくて、非常勤講師っすよね? かなりこじらせてないっすか?」

和久井の言葉に、樽井も大きく頷いた。

「ああ。間違いなく、こじらせてる」

「だったら学者サマのステータスにこだわることないよな」

佐脇も口を出す。

「あれだけの美人なら、タレントやっても食えるんじゃないのか？　ちょっと失言したらヌード写真集を出したりして」

佐脇が軽口を叩くと、すっかり御堂瑠美親衛隊になったかのような樽井が睨み付けた。

「そういう失敬なことを言うな！」

「しかしだな、あの御堂サン、東京から都落ちしたってことは……」

佐脇がなおも言った。

「大きな難点があるんじゃないか？　利口《りこう》そうに見えて実は物凄く馬鹿だとか、尻が軽すぎるとか」

「お前、逮捕してやろうか？」

樽井がいきり立った。

「御堂先生なら東京でだって立派に通用する。お前のおねえちゃんは東京でなんとかやってるみたいだが、巨乳だけがウリの女が東京で売れるんだから、御堂先生だって」

「磯部ひかるは頭のいい女だ。おれを踏み台にしてのし上がった。それに比べりゃ御堂先生のおツムは……ありゃ大分《だいぶ》落ちるぜ。要するにおれたち田舎のド素人が相手なら利口そうに振る舞えるが、それが限度ってことだろう」

佐脇はいっそう樽井を怒らせた。

「何を言うんだ！　あれほど立て板に水で経済問題をスラスラ説明できる御堂先生なのに、失敬じゃないか！　知的美人ってのは知性が滲《にじ》み出てるから知的美人って言うんだ！」

「いや、あの妙な色気は、けっこう尻軽だからじゃねえのか？」

そういう佐脇も、瑠美の魅力に搦《から》め捕《と》られそうになっているのを自覚していた。

「プリンストンに留学してるんだぞ！」

樽井はなおも言った。

「けど……倉橋もハーバードに留学してるんですよね。総理大臣も」

和久井が口を挟む。

「それは……みんなとても賢いってことなんだろう。一国の総理大臣なんだから、賢くなくっちゃ困るし」

そうなんですかねえ、と和久井だけは首を捻った。

「おれ、気になって講演会の途中で検索してみたんですけど、ハーバードの大学院には政治家二世枠みたいのがあるらしいっすよ。バカ高い学費と引き換えにハクがつくんです。そのカネが、本当に頭のいい学生の奨学金に回されてるんだとか。プリンストンだって、似たようなもんじゃないっすかね」

「合理的なシステムじゃねえか。まあ倉橋や御堂センセイの学歴がロンダリングしたものかどうかはどうでもいいが、色っぽい美人ってことだけは認めないとな」

「そうっすか？　自分から見ると、あの御堂ってヒトはおばさんにしか見えないので……」

「だから童貞のクソガキは困るんだよ」

佐脇はやれやれという表情で言った。

「大人の女の魅力が理解出来ないんだからな」

「にしても御堂ってヒトは話がツマらなさ過ぎっすよ。学歴詐称じゃないすかね？　留学っていうのもウソかも」

和久井もめげない。

「まさか。いくら蛍雪大学が三流でも、学歴詐称の人物を雇わないだろ」

「美人だから、学長だか学部長だかがついフラフラと……ってことは？」

「ないね！」

樽井が即座に断言した。

「ああいうサバサバ系の知的美人は、ウソは付かないもんだ」

およそ根拠のない擁護《ようご》と言うしかない。

「しかしですねえ……」

和久井は御堂瑠美の名刺をじっくり眺めながら、なおも言った。

「大学の先生って、博士とかじゃないと、なれないんじゃないんですか？」

「そんなことはない。高卒の建築家が東大の教授になってるんだぜ」

「じゃあ、やっぱり東京に行けないのはどっかに難があるから、とか」

「君ね、絡むね」

樽井が顔をしかめた。

「御堂さんに恨みでもあるのか？　そこまで個人攻撃をする理由はなんだ？　君はどうして誹謗中傷《ひぼうちゅうしょう》が好きなんだ？　君はネトウヨのタグイか？」

「逆に、佐脇さんや樽井さんはどうしてあのヒトをそんなに庇うんですか？」

判んないなあ、と和久井は不思議そうな表情だ。

「おじさんはね、いい女に弱いんだよ」

そう言った佐脇は、彼女が飲み干したグラスや空いた皿を見て「あっ！」と叫んだ。

「あの女、タダ食いしていきやがったぞ！」

第三章　県知事夫人案件

翌日の昼過ぎ。

佐脇は、和久井が運転する捜査車両に乗っていた。

「どうかしました？　具合でもよくないんすか？」

助手席の佐脇の顔色が悪いので、和久井は気遣った。

「ここんとこ調子悪かったりしないっすか？」

「まあ、気分は上々って訳じゃねえな」

「医者とか行った方がいいのでは？」

余計な心配するな、と佐脇は不機嫌な声を出した。

「おれの体調はおれが一番判ってる。今日のこれは、お前の運転が怖いせいだ」

そうすか、そりゃ悪かったっすねと和久井は運転を続けた。

が、やはり気になったのか、しばらくしてからまた訊《き》いてきた。

「自分の運転は、やっぱり心配ですか？」

「そりゃあなあ、あのオッサンを追い詰めて事故らせたんだからな」

「だけどあいつ、鳴海エンジニアリングの谷口は、マジで暴走してたんですよ。センターラインをオーバーするし、スピードもオーバーしてたし、完全に危険運転でしたよ」

そのことはORBIS《オービス》でも確認されている。そう力説する和久井の運転は加速も減速もスムーズで、当然ながら車線変更もジェントルで丁寧だ。信号がなく優先指定も無い交差点では常に相手に道を譲るほどだった。

「お前、優良ドライバーじゃねえか。そんなお前がキレたんだから、谷口の運転は、さぞや物凄かったんだろうな」

「車載カメラの映像が残ってました。それもあって自分はこの件を調べた監察官に『あれなら仕方ない』と言って貰えましたもん」

「なるほどな。それじゃあ自分は絶対悪くないと、お前が言い張ったのももっともだ」

「でしょ？」

和久井は気をよくしている。

「ところで……蒸し返すようですけど、昨夜の御堂センセイって……結構チャッカリしてますよね。普通ああいう場合はワリカンでしょ？」

財布を出しもしなかった、と和久井は文句を言った。

「確かにな。おれたちの立場だと、誰かに妙に奢《おご》ったら罪に問われたりするんだからな。

金払った上に馘《くび》になったりするんじゃ踏んだり蹴ったりだろ」

そう言った佐脇は、まじまじと和久井を見た。

「お前……大丈夫だろうな？　チクったりはしないだろうな？」

「いやですよ佐脇さん！　まだ自分を信用して貰えないんですか！　まだ自分が署長のスパイで、ことあらば佐脇さんの足を引っ張るつもりだと思ってるんすか？」

「さあな。おれは簡単に人を信用しないいんだ。御堂センセイ接待だって事件にしようと思えばできる。第三者を装った密告《チクリ》をしたりしてな」

「ショックだなあ。じゃあ、立件する場合の条文を調べておきますよ」

県警本部があるT市に入ったところで、佐脇はスマホを取り出した。

「ああ、おれだ。佐脇だ。水野くん、忙しいとは思うけど、ちょっと顔貸して貰えないかな？　いやいや時間は取らせない。こっちだって時間はないんだ」

佐脇はマイク部分を押さえて和久井に言った。

「心配するな。話はさっき通してあるんだ」

水野は、佐脇にとって二代前の相棒だ。手塩に掛けて育てた、というより調書や各種書類を作成する事務仕事を全部、水野に丸投げするという便利な使い方をしていた。その結果、水野はT県警の中でもトップクラスの事務処理能力を身につけて、県警刑事部に栄転しているのだ。

「県警本部の近くにホテルがある。そこの駐車場に車を止めろ。水野とはホテルの向かいの、ショボい喫茶店で待ち合わせてる。ホテルのティールームじゃ目立つ」

和久井は言われたとおりにホテルの駐車場に車を止めて、道を挟んだ向かいにある、昭和レトロな喫茶店に入った。

古風な猫脚のテーブルに深紅《しんく》のビロードで張られた、これも古風な椅子。店内には優雅なクラシック音楽が流れ、パーコレーターからは珈琲《コーヒー》の香りが漂っている。

大きな油絵の掛かった店の奥、一番隅の席には、今風のイケメンでガタイの良い男が、仕立てのいいスーツを着て座っていた。水野にもずいぶん落ち着きが出て、ベテランの雰囲気すら漂わせている。

「よっ。本庁ではずいぶんエラくなったそうじゃねえか」

二人は水野の前に座った。

「イエ、全然ですよ」

水野は苦笑しつつ言った。

「上がつかえてるからだろ。ああ、この顔に絆創膏を貼ってるのが今のおれの相棒。和久井くんだ」

行儀作法を知らない新入りの丁稚《でっち》を仕込むように、佐脇は和久井の後頭部を掴んで頭を下げさせた。

「ちょっと佐脇さん。挨拶くらい自分で出来ますンで！」

和久井が抗議するのを水野は笑った。

「おやおや。天下のコワモテ、佐脇さんに口答え出来るのは凄いな」

「水野さんも、鳴海署では、その、ずいぶん……？」

「ずいぶん鍛《きた》えられましたよ、ねえ」

水野は佐脇に話を振った。

「まあ、おれとしても水野には助けられた。で、助けられついでに、ちょっと頼む」

「倉橋の件ですよね？　二課に行って訊いてきました」

そう言った水野は、佐脇に尋《たず》ねた。

「佐脇さんはどうして、倉橋に目をつけたんですか？」

「それは……このバカが、倉橋の手下を事故らせたからだな」

水野は和久井を見て頷いた。

「その件では本部長も記者会見で『適切な追跡だったが、事故に至ったことに関しては残念に思う』って頭を下げていましたからね……君、和久井くんか。本部長に頭を下げさせて、よくクビにならなかったね」

「そこだよ。そんな凶状持ちの和久井くんがおれのバディになった。これは誰がどう見たって、おれをクビにするための刺客《しかく》だろ」

「イヤちょっと佐脇さん。それは自分、ハッキリと否定したはずですが」

まだ信じてくれてないんスか、と和久井はガックリと肩を落とした。

「気を落とすなよ、君。この佐脇さんは顔に似合わず繊細で用心深いんだ。石橋を叩いて壊すほどにね」

「まあ、それはいい。本題に戻ろう。倉橋のことを教えてくれ」

佐脇は水野に先を促した。

「はい。倉橋と鳴海エンジニアリングに関しては、警察庁《サッチョウ》も関心を示してるようです。というか、マル特事項で」

水野は捜査一課の刑事なので二課のことは伝聞《でんぶん》情報でしかない。

「要するに、警察庁も倉橋の動静をチェックしている、と」

「ええ。これは非公式情報ですが、倉橋が現政権とズブズブらしいことも判っています。しかしながら、『ズブズブ』ってどういう意味だ、何か具体的に違法行為でもあるのかと言われると、そういう部分では確証がまったくない状態です」

「ズブズブってのは、あれだろ。現政権が倉橋を優遇して、口を利いてやったり有利に事が運ぶように仕組んだりして、便宜を図ってるってことだろ？　逆に倉橋は、何か現政権の役に立ってるのか？」

「それなんですが……倉橋社長と現首相がアメリカ留学時代の友人だったことと、倉橋社長が現首相を熱烈に支持していること以外に、特に何もないのです。表向きは」

「表向きは、か」

佐脇はニヤリとした。

「ってことは、当然、ウラがあるってことだな」

ええ、と水野は頷いた。

「倉橋社長が、というか、鳴海エンジニアリングが手掛ける地方再活性化事業の許認可は、ほぼ無修正で下りています。しかも申請が他社と競合した場合も、ほぼ例外なく鳴海エンジニアリングの側の申請が通っています。これ、業界では『倉橋マジック』と呼ばれていて、有名な話だそうですよ。鳴海が出てきたプロジェクトは競合しても勝ち目がないので、コンペから下りるか鳴海と組むかの選択しかないと言われています」

しかも、と水野はバッグから資料を取りだしてページを繰った。

「鳴海エンジニアリングが手掛けたプロジェクトには、補助金に支援金、それも国とか、国の機関とか県とか市とか、とにかくあらゆるところからカネが出るんです。似たようなプロジェクトを手がけても、鳴海エンジニアリングが絡んだ事業にはいっぱいカネが出るのに、他の会社だけでやると一銭も出ない。それどころか、いろんな規制がかかったり立ち入り検査なども入って、コストがやたら嵩《かさ》んだりすると」

佐脇は水野が見ている資料に手を伸ばしたが、水野は「ダメです」と素早く仕舞《しま》い込んでしまった。

「なるほどね。つまり、倉橋は国からカネを引っ張り出すのが上手い。だから地方にとっては倉橋サマサマってことなんだな」

「倉橋だけじゃなくて、現首相の評判もよくなるんです。倉橋が噛んだプロジェクトが完成しますよね？　テープカットとかの式典には、必ず首相本人か、名代《みょうだい》の首相夫人が姿を見せます。そのたびに『地方再生が我々の大きなテーマです！』とぶち上げるから、政策が着々と進んでいると、誰もが思うわけです」

「巧妙だな。倉橋は首相の広告塔ってわけか。自分もそれで儲けている」

佐脇と水野が理解を深めている脇で、置いてけぼりを食っている和久井が訊いた。

「ええと、だけど、法令違反とか違法な行為はないってことですか？」

「今のところはね。昔ならリベートとかワイロとか、必ずカネが動いたものですが、今はずっと巧妙になってる。そうですよね？」

水野は佐脇に話を振った。

「ああ。直接カネを受け渡しするような、そういう危ない橋は、今は誰も渡らない」

「サッチョウの入江さんは、この件をどう思ってるんでしょう？」

「さあ。訊いてないから判らん。あれは高級官僚だけあって腹の中は真っ黒だから、本心は言わない。絶対、言わねえんだよなあ……全部、自分の出世と保身に使うようなところがある」

「そこまで悪いヒトには思えませんが」

「お前は東京であのオッサンと付き合ったことがないから、そんなことが言えるんだ！」

「じゃあ、この前の豪華客船の事件の時に一緒に動いた弦巻《つるまき》って人はどうなんです？　あの人もサッチョウでしょう？」

佐脇はポケットから手帳を取りだして、乱雑に挟み込んだ名刺を繰った。

「ああ、これだ。警察庁刑事局組織犯罪対策部組織犯罪対策企画課犯罪収益移転防止対策室室長の弦巻左近四郎《さこんしろう》警視正か。寿限無《じゅげむ》みたいなクソ長ったらしい肩書きだよなあ。ドアんところの木札に全部書き込めるのかねえ？」

この男もクセがあるんだよなあ、と佐脇は溜息をついた。

「クセと言うなら、佐脇さんも負けてないのでは？」

「言ってくれるよな」

佐脇は水野に芝居がかった仕草で、目を細めて見せた。

「とにかく、調べてくれたことは恩に着るぜ」

喫茶店を出て、和久井はせっかく県警本部の近くまで来たのに寄って行かないのかと、何度も佐脇に訊いた。

「だから、何の用で行くんだ？　近くまで来たんで顔を出しましたってか？　セールスマンじゃあるまいし。向こうさんだって忙しいんだよ」

それにな、と佐脇は和久井を睨みつけた。

「お前、県警本部では評判悪いんだぞ。それを忘れるな。例の事故の件で、本部長に頭下げさせた張本人なんだからな。しかも京大卒の、謝るのが大嫌いなエリート様にだぜ」

「けど、本部長みたいな役職は謝るのが仕事なんじゃないっすか？」

「よく言うぜ。お前、それを本部長の前で言ってみろよ」

二人はそんなことを喋りながら車に戻った。ドアを閉めるとすぐに佐脇はスマホを取り出した。

「さっき話に出た弦巻に電話するんだよ」

「早いっすね。仕事の展開」

「時間がないからな」

佐脇は判じ物みたいなことを言いつつ、名刺を見ながら何度か番号を押し間違えて、やっと相手に繋がった。

『おお、誰かと思えばあの時の。どうもご無沙汰《ぶさた》しておりますねえ』

電話に出た弦巻は、相変わらず慇懃《いんぎん》無礼《ぶれい》スレスレの口調だ。

「今、お忙しいですか？」

『イエ特には。犯罪収益移転防止対策に関しては、仮想通貨の件を担当しておりましたが……』

「ああ、ネムなんたらって、ネット上に存在するカネがごっそり盗まれた件でしたな」

『どうもあの件は、外国のハッカーが闇サイトを活用して盗み出したようなので、我々にはどうすることもできないと判明しましてつい先日、捜査から手を引いたところです』

「つまりヒマだと。相変わらず回りくどい人ですな。では用件を単刀直入に言いますよ」

佐脇は、鳴海エンジニアリングと倉橋社長の疑惑を口にした。

『なるほど。その件はたしかに「犯罪収益移転」という我々のテーマに抵触しそうな案件ですね』

「その口ぶりでは、この件は初耳だったようですが」

「初耳」という言葉に引っかかったのか、弦巻の口調は少しムキになった。

『佐脇さんねえ、私だって森羅万象《しんらばんしょう》すべて把握《はあく》しているわけではありませんよ。ここにいるといろんな案件が刻一刻と舞い込んできますからねえ。それも世界中から』

それに対応するだけで手一杯だと弦巻は言った。

「別に弦巻さんを責めてなんかいませんが……では、この件は本当にご存じないんですね？」

「残念ながら」

弦巻は簡潔に応じた。

『ただですね、倉橋社長と鳴海エンジニアリングについての噂は耳にしていますよ。ずいぶん利口《りこう》なことを考えるものだなあと、感心しているのです』

「というと？」

佐脇はスマホから耳を離してスピーカーから音を出した。和久井にも聞かせるためだ。

『日本の現状を申しますと、地方がどこも苦しいのはお判りですね？　人口は減る一方で働き口もありません。そういうところを倉橋社長は探して、地方再活性化プロジェクトを持ちかけるのです。一方、苦しい自治体も、地方を元気にしてくれると評判の、倉橋に声をかけたいと思っている。両者の思惑が一致した時、もしくは両者のビジネス上の条件が一致した場合、プロジェクトが動き出すのです』

弦巻は滔々《とうとう》と自説を開陳《かいちん》し始めた。こうなると佐脇は拝聴《はいちょう》するしかない。

『ビジネスという意味では、倉橋社長の選定条件はシビアです。地方といっても、どうしようもない地方と、旨味のある地方があります。雪深い山奥の過疎地は、交通の便も悪いし使える土地も狭いから旨味がないし、そもそも疲弊《ひへい》しきった自治体には力がないから、お話になりません。しかしながら、例えば、佐脇さんがいらっしゃる鳴海は違います。昔からの港町だし大都会には近いし平地もあるし、そこそこ人口もあるので、工夫のしようがあります。それに今の市長は市会議員からの叩き上げですから、何かと融通《ゆうずう》が利くタイプのようですし……』

「早い話が、倉橋は、カモを探して選《え》り好みしてるってことですね？　相手の情報を先に手に入れておいて、カモになりそうなところから話がくれば乗ると」

『今は倉橋に動いて貰いたい自治体ばかりですからねえ。最初の頃は倉橋の方から、日本中に営業して回ってたそうですが』

和久井は聞き耳を立てている。

『倉橋社長が利口なのは、市長や地方再活性化事業主体から受け取るおカネはあくまでも表向きの、全部帳簿に載せられる、言い訳のできるものに限定しているところでしょう。つまり表向き違法なところは全くない。もちろんゼネコンや設計事務所が絡みますから、裏でも大きな金額が動く。その一部が政治家に流れることもあるでしょう。その政治家が、当該の案件とは全く別のところで倉橋に便宜を図ることもあります。たとえば再活性化事業を公募する場合、募集期間を非常に短くして、前もって知らされていた鳴海エンジニアリングしか応募できなくしてしまうなどの手法は、これまでにも何度となく繰り返されてきました。そういう、違法ではないが違法スレスレの手も駆使したりしておりますね』

「美味しい商売ですな。いくら裏金は受け取らないとはいえ、仕事を受注すれば、倉橋は確実に儲かるわけですよね？　倉橋が手掛けた地方再活性化事業が成功するかしないかに関係なく、コンサルタント料とかプロジェクト運営とかでカネは取るんだから」

『その通りです。同時に、地方にしても、たとえ事業が失敗したとしても、国から引っ張る補助金そのほかで充分潤《うるお》うわけです。雇用も生まれるし地元の建設会社なども確実に儲かります。ほんの一時のこととはいえ』

そこで、弦巻の声が変化した。笑いを噛み殺しているようにも聞こえる。

『ハコモノは維持費がかかります。存在するだけで金を食うのです。いくら綿密にマーケティングリサーチして建てたショッピングセンターでも、皮算用《かわざんよう》通りに儲かるとは限りません。道の駅にしても付近にバイパスや高速道路が出来て交通量が変化すれば、これまたお客さんが来なくなります。大学誘致の場合も、最近の学生はお金を使いませんからね。経済効果なんか全然無かったり、あるいは卒業生の地元への就職が、公務員たった一人などという惨状もありました。それでいて、大学誘致に伴い必要とされるインフラの整備は地元の税収を使ってやらなくてはならない。どうも、昔から武士の商法と言われるモノは宜しくありませんねえ。第三セクター、或《あ》るいは半官半民と呼び名は変わっても同じことです』

「つまり……損するのは国だけか。いや、国だって損はしない。使うのは税金だからな」

『結局、誰も損しないんですよ。むしろ、みんな儲かる。三方一両得という構図ですね』

「けど……それって、どこかに穴がありますよね」

和久井がやっと口を挟んだ。

「誰も損しないって、どう考えてもおかしいでしょ?」

「しいて言えば、損をするのは国民だ。有効に使われるべき金が、そっちに回ってしまうんだから」

『要するに、倉橋が噛むと、紐付きのカネが国から引き出せるという勝利の方程式が出来上がっているわけです。最高に上手くいった場合、地方は一銭の出費もなくプロジェクトが進行する訳ですから』

「倉橋は、権力に食い込んでるからな。力のあるところに食い込まないと物事は動かせない、ということを実証したわけだ」

「権力っていうのは、つまり」

和久井が言いかけたところに佐脇が被《かぶ》せた。

「言わずとしれた、中央政界だろ」

「それって……もしかすると、甘い汁を吸うどころのハナシじゃない?」

「構造的なことだから、もっと根が深いよなあ」

『では、あとは皆さんでご検討ください。私はこの辺で……なにかお役に立てる情報が入りましたらお知らせしますよ』

その時はお願いしますと言って佐脇は通話を切った。

「どうも、東京では関心が薄そうだな。弦巻もあそこまで知ってるくせに、動く気はないようだし」

「だって……違法じゃないわけでしょう？」

「いや、それだけじゃないな。ハッキリ言えば、中央政界絡み。もっと言うと官邸絡みだけに、触るのが怖ろしいんだろう。弦巻もエリートの国家公務員だしな」

和久井は納得いかない顔でエンジンを掛け、鳴海に向けてハンドルを切った。

「腹が減ったな」

「そのへんのファミレスに寄りますか？」

「いや。署に帰って署の食堂で食う。ここんとこ、金欠なんだ」

だから急げ、と佐脇は命じた。

「おれには時間がないって言ってるだろ」

「は？」

怪訝《けげん》な顔で和久井はアクセルを踏み込んだ。

「急ぎならパトランプを点けますか？」

「いや、それやるとバレた時に面倒だ。公務でもないのに、早くメシが食いたいから、では理由にならん」

県庁所在地であるT市から鳴海市の間の道路は、以前は対面二車線の、昔ながらの国道があるだけで、慢性的に渋滞していた。最近になってようやく、本当にやっとことという感じで、町外れにバイパスが出来た。片側三車線で一部立体交差もあるので、交通事情は劇的に改善され、渋滞が解消されたと思ったら……街の中心が一気にバイパス沿いに移ってしまった。

中央の走行車線を快調に走っていると、和久井がバックミラーを見て怪訝な顔になった。

「なんだあれは。パッシングしやがって……煽ってるんすかね?」

「ああ?」

意味が判らない佐脇が振り返ると、後方にピッタリついた、シルバーのマツダ・ロードスターがヘッドライトを点滅させている。

「ここは追い越し車線でもないし、こっちは制限速度で走ってるのに」

和久井は沸点が低いのか、もう顔が強ばり、語気が鋭くなっている。

「おい。そんなのは放っとけ。コッチを舐めてるアホだ」

「判ってますよ。だけど、なんだアイツ!」

和久井はいきなり急ブレーキをかけた。車はガクンと止まり、佐脇は前のめりになったがシートベルトのおかげでフロントガラスへの激突は免《まぬが》れた。

後ろを見るとロードスターも急ブレーキをかけて追突は免れたようだし、その後ろも、追突はしていないようだ。

「おい。ケンカを売るなって！」

「これで先に行かせますよ。あのバカが素直に前に出れば終了です」

しかし、こっちを煽っている後続車には追い抜く気配がない。和久井が窓から手を出して、先に行けとサインを送っているのに、依然《いぜん》として後ろで待機したままだ。

中央の車線で停止しているので、数台後ろの車がクラクションを鳴らした。

和久井が舌打ちをしてまた走り始めると、後ろのロードスターもついてくる。しかも、ピッタリと張り付いたままだ。パッシングも再開したし、車間を詰めたり開けたりを繰り返している。

「おい。相手にするな。なんだったらパトランプを出して回転させてやればビビるだろう」

どうせバカなヤツなんだろうから、こっちが警察だと判れば逃げていくはずだ。

「面倒だ！　バカを相手にしてられん。パトランプ、回すぞ！」

佐脇は最後の手段を繰り出した。しかし車の屋根に赤色《せきしょく》回転灯を置き、点灯しても、相手は一向に逃げる気配がない。

逃げるどころか後ろについたまま、相変わらず煽ってくるのを止めない。

「どういうつもりだ？　相当イカれてるか、警察に挑戦的なヤツだな」

「このまま走ってても、こっちが先を走ってるわけですから、アイツは煽ることしか出来ないのに……こっちが焦《あせ》るとでも思ってるんすかね。大型トラックならまだしも、向こうも普通の乗用車だし、こっちが急ブレーキ踏んだら事故るのは向こうですよ？」

「オカマ掘るのを待ってるんじゃないのか？　急ブレーキ踏まれて事故らされたとか、因《いん》縁《ねん》つけてくるつもりかもな。お前、前科一犯だし」

「まさか……」

そう答えた和久井だが、前科一犯と言われて顔が引き攣《つ》った。

「でも、さっき急ブレーキ踏んだ時に、アイツも慌てて急ブレーキ掛けて追突を回避したんですよ？」

「それはお前……条件反射だろ。思ったより早くお前がブレーキを踏んできたんで、テキは慌てちまったんだ」

走行車両は少なくて、制限速度六〇キロのところを七〇キロは出している。それでも後ろのロードスターはわざとローギアでエンジンの回転数を上げ、車間距離を詰めたり離したりを繰り返している。パトランプを回してこちらが警告しているのに、だ。

「パトカーを煽ってくるなんて、バカとしか思えませんよね」

和久井はまたもやり返した。思いっきり、ブレーキを一気に踏んだのだ。

後続車はブレーキのタイミングが一瞬遅かった。しかし追突を避けるべく、急ハンドルを切り、右の車線に突っ込むようにして止まった。

「おれ、運転手を確認してきます。充分に危険運転だ！」

和久井は車から降りて、ずんずんと問題の車に近づいた。

二台の車が中央車線と右側の車線を塞いでいるので、後ろからは抗議のクラクションがけたたましく鳴り響いている。

「おいアンタ！　こっちは警察だ！　どうして煽るんだ！」

和久井は警察手帳を見せながら近づき、運転席に向かおうとした。

その時。ロードスターはギャギャギャーッとタイヤを鳴らして急発進した。

和久井は咄嗟に避けて路上に尻餅《しりもち》をついたが、車は完全に無視して、急加速して走り去った。

「佐脇さん！　あの車を手配してください！」

和久井はすぐに立ち上がり、車に走って戻ってきた。佐脇はすでにマイクを手にしている。

「鳴海三から本部へ。鳴海市中央の国道バイパスで危険運転を繰り返す不審車両を発見。現在、およそ時速八〇キロで南方向に進行中。三号照会を求める」

『本部から鳴海三。ナンバーをどうぞ』

商売柄、佐脇も車のナンバーはチラッと見ただけで記憶している。

「鳴海三から本部。徳に－＊＊＊。シルバーのロードスター。こちらを煽って追突するように仕向ける危険な運転をした後に逃走中。緊急配備《キンパイ》を求める」

『本部了解』

和久井は車を左の路肩に寄せて停車し、返答を待った。

『本部から鳴海三。徳に－＊＊＊のナンバー、該当無し。繰り返す。ナンバーに該当無し』

「おい、聞いたか？　あの車、偽のナンバープレートを付けてるんだ」

佐脇は和久井に言うと、マイクを握った。

「鳴海三から本部へ。そのナンバーの車は現在、逃走中。明らかに偽のナンバーを付けている。改めて緊急配備《キンパイ》を求める」

『本部了解』

しかし、本部からはシルバーのロードスターを捕まえたという連絡は、幾《いく》ら待っても入らなかった。

「偽ナンバーの車が、わざわざおれたちの車の進行を妨害してきたんだ。そのへんの、跳ねっ返りのバカがやることじゃない。誰の差し金だ？」

「自分をネタにして、佐脇さんの足を引っ張るってことですか？」

「いやそれは」

佐脇は言葉を濁した。

「判らんが、そういうことも考えておかないとな」

そう言った時、佐脇のスマホが鳴った。

「例の車の正体が判ったかな？」

と言いつつスマホの液晶を見ると、相手は若手ヤクザの島津だった。

「なんだ？　善良な警官にみだりに電話してくるな」

『そんなこと言っていいんですか？　倉橋に関するネタがあるんですけどね』

「判った。お前の店に行けばいいんだな」

「ネタを提供しようって言ったのはこっちですよ？　情報の提供を受けるなら普通は、最低でも酒を飲ませるとかメシを奢るとか、そういうのがあるんじゃないんですか？　なのに逆にメシを奢れって……」

経営するシュラスコ屋で、いきなりメシを食わせろと要求する佐脇に島津は呆れ顔だ。

「文句を言うな。お前が師匠と仰《あお》ぐ伊草《いぐさ》は、笑って特上のうな重を取ったもんだぞ。それに、お前の話にどれだけの価値があるのかも判らねえのに、大盤振る舞いは出来ん」

隣にいる和久井も佐脇のケチぶりに苦笑している。

「笑うんじゃない、和久井。相手はヤクザだ。甘い顔をすると付け込んでくるのがヤクザなんだからな」

　島津は溜息をついた。

「ウチのランチでいいですか？　昼は食べ放題じゃなくて、ローストビーフかローストポーク丼ですけど、それでいいですか？」

「結構。早く出せ。高い方の特上の大盛りをな。スープとかも付けろ」

　島津は店員に命じたあと、本題に入った。

「鳴海エンジニアリングの件ですけどね、警察的には、なんか具体的なネタは挙がりましたか？」

　そう言った島津は、探るような目付きで佐脇を見た。

「そうですか。挙がってないようですね。これはね、ヤクザが話すことだから、そのつもりで聞いてくださいね」

「当然判ってるよ。いいからさっさと話せ」

「では。倉橋と県知事夫人の件、ご存知ですか？」

「県知事夫人？　それは……ええと、あの」

　佐脇は言葉に迷った。

「あのファニーフェイスの？」

「はい、多津江《たつえ》夫人のことですけど。面白い話を聞いたんですよ。聞きたいですか？」

「言ってみろよ。食いながら聞くから」

島津はやりにくそうに、「それでは……」と話し始めた。

「あの多津江夫人は、実家が東京の大会社のオーナーで、親を通じて中央政界とも繋がりがあるようです」

「あのさあ、あの県知事の奥さん、前から不思議に思ってたんだが、ダンナの知事は六十過ぎた爺《じい》さんだろ。なのに夫人はアラフォー。ずいぶん年の差があるが」

「後妻ですよ。県知事の前の奥さんは病気で亡くなって……」

「東京の大会社のオーナーの娘なら、田舎の県知事の爺さんの後妻っていうより、もっとずっとマシな縁談があったろうに」

「そこなんですけどね……どうも夫人が凄く個性が強いヒトで、持ち込まれる縁談がどれもこれも不首尾に終わって……というもっぱらの噂で」

「早いハナシが、縁談がまとまらないまま月日が経って、親も焦り始めたと。県知事の方は昔からの旧家で、県選出の国会議員より威張ってるから、バリュー的にはけっこうイケてるってことか」

「東京の実家としてみれば、ですね」

それで、と島津が身を乗り出した時、大盛りのローストビーフ丼に、大きなボウルに入ったオニオングラタンスープが出てきた。

「うわ。こんなに食えないッス」

と若い和久井が思わず口走ってしまうほどのボリュームで、肉が富士山《ふじさん》のように盛りあがっている。

「戴《いただ》こうじゃないの。うん、美味い」

佐脇はモリモリと一気に、肉の盛りが半分になるくらいに食い進んだ。

「和久井、お前、若いくせに食わねえのか？」

「いや……佐脇さんこそ最近ハラの具合が悪いとか言ってませんでしたっけ？　凄い食欲ですね」

「食ってこその人生だ。さあ、島津、おれは食いながら聞いてるから、先を喋れ」

食うのに没頭している佐脇に、島津は滔々と説明を開始した。

「佐脇さんは知ってますか？　鳴海エンジニアリングが、会社発祥の地であるこの鳴海に、国と県のお金を引っ張って研究所をつくろうとしていることを」

「知らねえな。初耳だ」

わしわしと食い進みながら、佐脇は表向き関心がない様子で訊いた。

「で、どんな研究所だよ？」

「理化学研究所の文系版みたいなモンです」

独立行政法人の、社会学・教育学関係の研究所なのだ、と島津は説明した。

「その計画が着々と進んでいるんです。現政権が教育に力を入れていることはご存知でしょう?」

「さあ、知らねえなあ。お前、ヤクザのくせに学があるじゃねえか」

「世の中の動きに耳を立てていないと今日び、シノギもままなりませんからね。なんにせよ、教育は大事ですよ。若いのが好き勝手しているようじゃ示しがつきませんからね」

「そこはお前の言うとおりだ。国民を好きなように動かそうとするなら、まずは最初のシツケが肝心ってことか」

そうは言いつつ裏社会で成功を収めつつある島津本人が、まさに「好き勝手をしている若いの」に該当することは、指摘せずにおいた。

「それでですね、佐脇さん。その研究所は、京阪神《けいはんしん》の国立大学とも連携していて、ポスト配分もあると。なかなか美味しい話じゃないですか。でもね、学術的な見かけは、実は表向きだけなんです。『研究』の本当の中身は……なんというか、多津江夫人の趣味が色濃く反映されているというか」

「アニメの研究とか?」

「それならいいんです。アニメはクールジャパンの大きな産業でしょう?　そうじゃなくてあの県知事夫人、趣味でスピリチュアル系のあれこれにどっぷりハマっているんですよ」

「それはそれで構わないんじゃないのか？　憲法でも思想の自由は保証してるんだし」

「しかし、怪しげな研究を国の機関で、しかも国のお金でやるのは如何《いかが》なものかと」

「例えばどんないかがわしい研究を？」

「ええと、例えば……」

島津はメモを取りだして読み上げた。

「シンクロニシティとこじつけについて、波動の影響の科学的証明、前世の科学的解明、『グラウンディングの瞑想《めいそう》』について……ってこれ、意味不明ですが、あと、パワーストーンに素晴らしいエネルギーを注入する方法の、理論的証明……」

「そんなことを国のカネでやれってか！」

佐脇は呆れかえって大声を出してしまった。

「科学も大昔は魔術や妖術みたいなモノだったから、今はいかがわしいと思えても、研究すれば解明できるということのようです」

「……まあ、それはそうかも」

「お前が納得するな！」

神妙な顔をして頷く和久井の頭を佐脇はひっぱたいた。

「馬鹿かお前は。カモにされる馬鹿と一緒になってどうする！」

佐脇はスープをグビグビと飲み干した。

「しかし、多津江夫人はどうしてそんなに発言力があるんだ？」

「どういう形でどっちから積極的に近づいたのかは判りませんがね、倉橋と多津江夫人はずいぶん仲がいいそうで。一緒に東京に行って各所への陳情《ちんじょう》に同席したり、逆に政治家や役人が持ち込んでくる相談を一緒に聞いたり、倉橋が手掛けるプロジェクトを全国各地に見にいったりしてるようです。それはもう、夫人は倉橋の力を、倉橋は夫人の力をお互いに利用したりされたりってことですよね」

ふうん、と言いながら佐脇はガツガツとローストビーフ丼を搔き込んだ。

「なかなか美味いぞ。この西洋ワサビが利いてるな」

和久井はあまり箸《はし》が進まない。

「それで、倉橋が計画してる国の施設って、鳴海のどこに建てようとしてるんですか？」

和久井がやっと口を挟んだが、刑事がヤクザに敬語を使うのは妙だと思ったのか、すぐに言い直した。

「どこに建てようとしてるんだ？」

「私が聞き込んだ話によればですね、湾岸地区だそうです。いわゆる旧港。隣に大きな新港ができて、もうあそこには船は帰ってこないし、倉庫だってほとんど空いてる。しかし他に用途がないから、そのまんまになっているでしょう？」

「知ってるよ。おれもよくサボりに行く場所だからな」

「しかも、土地はほとんどが県有地と市有地だから、買収に関しては問題ありません。海を望む良好な環境ってことで」

「しかも……公有地ならタダで払い下げられたとしても、鳴海じゃ全然、違法じゃないんだよなあ」

御堂瑠美から聞かされた話が、ここにきて佐脇にも現実のものとして実感された。

「だったら、どうしようもないんだよなあ」

佐脇がボヤくと、島津がニヤついた。

「佐脇さんらしくないなあ。カネの匂いがすると、執拗《しつよう》に食らいついてモノにするんじゃなかったんですか？　その手口と情熱はヤクザを上回るって、伊草の叔父貴《おじき》が」

「ヤクザがやると非合法で犯罪になるが、警官なら捜査の一環と見做《みな》されるってか？　その代わり警官がカネを貰えば、ワイロを取ったことになるんだぜ」

「ワイロも、表沙汰にならなければワイロにならないんですよね？　佐脇さんはそのへんが凄いんだって」

「伊草が言ってたってか？　アイツは今どこで何してるのかねえ？」

そう言うと、佐脇は立ち上がった。和久井はまだ食べている。

「おい、行くぞ！　いつまで食べてるんだ？　早メシ早グソ芸のウチってな！　ほら、行くぞ！　時間がねえって言ってるだろ！」

「行くって、どこにですか？」
箸を置いた和久井は、慌てて立ち上がりながら訊いた。
「決まってるだろ！　敵の本陣に攻め込むんだ。倉橋に会うんだよ！」
「いつやってくるのかと思ってましたよ」
アポなしの突然の訪問にもかかわらず、倉橋は佐脇と和久井を社長室に招き入れた。
鳴海エンジニアリングの本社は、鳴海市の外れ、山間部に近い森の中にある。
「何が目的ですかな？　刑事さんが来るような、法に触れるようなことはまったくしてお
りませんけどね。それに佐脇さんは捜査一課でしょう？」
眼光鋭く頭が切れて押し出しのいい年配の男は、窓を背にした大きなデスクから立ち上
がった。頭髪はかなり後退しているのが精力的な印象を引き立てて、仕立てのいいダブル
のスーツがこの人物の信頼感を増す作用をしている。
「いきなり押しかけたのに会って戴いて有り難うございます。失礼ながら、我々の所属は
捜査一課ではありません。所轄の鳴海署の刑事課一係です。捜査一課というのは本庁の部
署でしてね」
「ああ、そうでしたね。その一係の刑事さんのご専門は殺人とか暴行とか、そっちの方面
なんでしょう？　そういうことには、私は生まれてこの方まったく無縁ですから、佐脇さ

んのような刑事さんに面会を求められる理由はないはずですが……被害者になる場合は別にして」

そう言いながら、倉橋はにこやかな表情で佐脇たちにソファをすすめて自分も座った。

そしておもむろに葉巻に火をつけた。

「こういうものを吸っていると、邪悪な金持ちのイメージがついて評判は悪いんですけどね、好きなものは仕方がない」

「パイプにしたらどうです？　ぐっと知的に見えるのでは？」

倉橋は、考えておきましょうと相槌《あいづち》を打った。

「さて、佐脇さん。私も忙しいので、早速本題に入りましょう。一係の佐脇さんが来たということは、本来の刑事のお仕事……捜査ということではないですね？　ハッキリ言って、ご用件は、カネですかな？」

倉橋は笑みを絶やさないまま、いきなり直球を投げてきた。

「私の耳にも、佐脇さんの評判は入っておりますよ。カネの匂いに敏感な」

「ハイエナみたいな男だと？」

「そういう表現も、耳に入っていないとは申しません」

倉橋は、微笑を湛《たた》えたまま、言った。

「しかし私も商売人ですから、意味のないカネなどビタ一文出す気はありません」

そもそも、と言いながら倉橋は立ち上がって、広い窓の外を指し示した。

「私は、生まれ育ったこの鳴海が大好きです。食べ物は美味しいし、自然もたっぷり残っている。実に暮らしやすいところです。かつては港が賑わって経済的にもとても豊かだった。ところが今はどうです。人も土地柄も変わっていないのに、疲弊する一方です。この鳴海だけではありません。似たようなところは日本に山ほどある。そんな地方を再活性化しないでどうしますか？　今のような状態で地方を放置しているのは大きな損失ですぞ」

そこへ秘書がコーヒーを持ってきたので、倉橋は喋るのを中断し、秘書が退出するのを待った。

「かつての宰相《さいしょう》・田中角栄《たなかかくえい》は、かなり強引な手段で日本列島改造をやろうとして挫折《ざせつ》しました。しかしあの考え方自体は間違っていなかった。交通網を整備して大都市との時間的距離を短縮すれば、地方のハンデは消える。地方には安い土地、安い資源があり、人件費も安い。これを活用しようという考え方そのものに間違いはありませんでした。ただ、実現を急ぐあまりにカネの力に頼りすぎて、ワキが甘かった。外交でアメリカに不信感を抱かせてしまったこともよくなかったので、結果的に失脚してしまったけれど……。しかし、今のままだと大都市ないし大都市圏への産業の集中はますます加速して、地方はどんどん痩《や》せ細っていくばかりですぞ。限界集落が増えるに従って獣害も増えている。熊が里に下りてくるのだって、人間が住む場所がどんどん後退しているからだ。経済効率一辺倒《いっぺんとう》でやっているから国土が荒廃《こうはい》していく」

倉橋は葉巻を吹かして、なおも話し続けた。

「前世紀であれば、国による富の再分配で地方はかなり手厚くケアされていました。地方交付税交付金と公共事業にかける予算が、今よりはるかに多かった。だから地方には黙っていても中央政府からのカネが入ってきた。しかし、今はそうじゃない。時代は大きく変わりました。日本の地方といえどもグローバルスタンダード、つまり世界標準の遣《や》り方に合わせる必要がある。欲しいものがあれば手を伸ばしてつかみ取らねばならんのです。ただお座りして待っているだけでは、もうダメなんだ。そこで、我々コンサル業が必要になるのです。地方にもカネが回るよう、事業のご提案をして中央に上げ、カネが下りてくるお手伝いをさせていただく。これにはそれなりのノウハウと、実績の積み重ねが必要ですからな」

倉橋は、おそらく喋り慣れているのだろう、立て板に水で、一気に喋った。

「異論はおありか？」

「いいえ。まったくありません」

佐脇は本気でそう答えた。

「おっしゃるとおり、なのでしょう」

佐脇の反応に満足した倉橋は、セミナーで受講者に接するように、笑みを浮かべて「ご理解いただけてよかった」と頷いた。

「この問題については、みんなの意識は同じです。なんとかしなければならない。みんなそう思っている。しかし、具体的に問題を解決するには、荒療治が必要だし、時の権力を動かすことも必要だ。それもお判りですな？」

よく判ります、と佐脇は答えた。

「まともなオトナなら、そう答えるでしょう。刑事さんなら尚更《なおさら》、社会の現実と日々接しているのだから、学者みたいに理想論ばかりを振りかざすはずがない。そう思っておりましたよ」

倉橋は立ったままコーヒーに手を伸ばして、ずずずと音を立てて啜り込んだ。

「失礼。私は猫舌なのでね。で、ご質問に私は答えましたよ。御用はお済みですな」

「なるほど。帰れということですね？」

佐脇はそう言って立ち上がった。それを見た和久井も、慌ててコーヒーカップを皿に戻して立ち上がった。

「たしかに倉橋さん、あなたおよびこの会社には、触法《しょくほう》行為は見当たらない。すべての商取引に関して、違法な点が見つからないのは確かだ」

「でしょう？　ならば、私を脅してカネにしようとするのは不可能ということですな。何故ならば、私に非はないのだから」

「しかしながら倉橋さん。あなたは時の権力者と結託して動きの鈍《にぶ》い役人を動かしたり、国や県から補助金を引き出して、自分のプロジェクトを推進しているんじゃないんですか？　聞くところによれば、あなたは現職の総理と、そして県知事夫人ともご昵懇だとか。そして県知事夫人にはご実家を通して、現政権の中枢《ちゅうすう》とも太いパイプがあるそうですな」

「それがなにか？」

倉橋はいっこうに慌てる様子もなく、堂々としている。

「この鳴海に独立行政法人の研究所を作る計画が進行していると聞きましたが？　その研究所は鳴海にある公有地に建設が予定されているそうですな。しかもその土地は無償で譲渡されるという。それは県知事夫人の力を使ってのことですか？」

それを聞いた倉橋は、はっはっはと呵々大笑《かかたいしょう》した。しかし目はまったく笑っていない。

「佐脇刑事。あなたのような、権力者や有力者からは縁遠い、いや、はっきり言ってしまいましょう。あなたのようなただの一般庶民から見れば、私のような人間は、有力な友人知人関係、また縁故といったものを最大限に活用して、人を動かして、ひいてはモノやカネも、あらゆるものを動かしていると妄想するのでしょうが、そういうのはハッキリ言って」

倉橋の顔から笑みが消え、佐脇を凝視《ぎょうし》して言い切った。

「ゲスの勘ぐりだ！」

いいですか、と倉橋は続けた。

「ウチが計画を進めている研究所の用地取得に関しては、不明朗なところなど一切ない。そもそもあなたは、この土地取引について、少しでも調べてから疑念を口に出したのですかな？　多少なりとも事実を調べてのことなら、疑惑を生じるはずがないんだ！」

倉橋の顔には怒りすら浮かんでいる。

「それに研究所の建設は、ウチがプランニングして助言もしているが、建設主体は国です。独立行政法人なんだから、国なんだよ。だから、問題が起きるとすれば国とどこかなんだ。ウチや私ではない。断じてない！」

倉橋は語気鋭く言い切った。

「とにかく、私には、一切の弱みは、ない。ない以上、私は脅しめいた圧力には屈しない。私を脅したりするならば、むしろ私は、恐喝《きょうかつ》容疑であなたを告訴することも出来る。お判りか？　何か言い分がおありなら、私が手を染めているという犯罪について、詳細にかつ具体的にご指摘願いたいものですな」

そう言って、いかにも余裕があるように葉巻を手に取り、深々と吸う。タバコと違って葉巻は少し置いても火は消えない。

「それができないのなら、二度とここには来ないで戴きたい！」

倉橋は二人の刑事を追い出しにかかろうとした。

が、そのとき、ドアをいきなりノックもしないで開けた人物がいた。

「ああ、倉橋さん！　居てくれてよかったわ！」

入ってきたのは、女性だった。ピンク色の派手なツーピースをキッチリ着こなした熟年の女性。きちんとした身なりにきちんとした化粧の、とびきりの美人ではないが華があって、周囲を照らすようなオーラも感じさせる。県知事夫人の登場に佐脇は驚いた。

「ああ倉橋さん！　昨日送ってくれた図面と計画書を見せていただきました。大変よく出来ているので、とっても嬉しいわ。このまま前に進めていただきたいなあって」

夫人は満面の笑みだ。

「それであの……工事はいつ始まるのかしら？　港の広場にはまだ、工事現場の囲いも出来てませんけど？」

「ああそれは、もうすぐ始まりますので、ご心配には及びませんから」

倉橋は丁寧に答えた。

「あの、それと、研究テーマについてなんですけど、ちょっと思いついたことがあって、それもぜひ、お話ししたいなあと思って」

年齢より若い感じの、ユルくてふんわりしたような口調が、県知事夫人という地位には不似合いで、違和感があった。

「あの、奥様。今ちょっと来客中でして」

困惑《こんわく》気味の倉橋に佐脇は言った。

「あ、いえいえ、我々もちょうど今、お暇《いとま》しようとしていたところです。お忙しい方同士、お話を進めてください」

「あらそう？　ごめんなさいね」

その女性は佐脇に軽く一礼すると、倉橋に歩み寄った。

「あのね、私が前にお願いした『こころの中の研究』なんですけど、なんていうか、研究講座が少ないんじゃないのかなあって思うんですけど。担当研究者が今の予定ではたった二人、ですよね？　それって……」

「奥様、それはですね、アカデミックなベースで研究活動が出来る、スピリチュアル分野の研究者が少のうございまして」

「そうなんですか？　たくさん本をお書きで、テレビにも出ているし実績もあげている先生なら、たくさんいらっしゃるんじゃないかって……」

「奥様。そういう方々はコマーシャルベースでご自分の立ち位置をしっかり確保なさっているので、新設の研究所、それも地方にまで来て研究することはお考えではないのです」

「そうなんですか？　国立の研究所の研究員になれるのに？」

「ハッキリ申し上げて、国立の研究所の研究員は、報酬の問題が……」

倉橋はそこまで言うと、佐脇たちに鋭い目を向けて、小さく顎をしゃくった。

さっさと出ていけ、という合図だ。

佐脇と和久井は、「こりゃまた失敬」などと呟きつつ、辞去した。

「いや驚いたぜ。まさか多津江夫人がお出ましになるとはな！　しかも、あんなユルふん、いや、ゆるふわなヒトだとはな」

たしかに、と和久井も頷いた。

「あの口調では、研究所はいわゆる『県知事夫人案件』みたいなもんですよね」

そんな事を言いつつ二人の刑事が駐車場に戻ると、乗ってきた車の傍にはダークスーツの、小役人然とした地味な男が立っていた。

「何か、我々の車に問題でも？　盗難車でも、違法駐車でもないはずだけど」

佐脇が先にその男に声をかけると、ダークスーツの男は「これはどうも失礼」と言いながら名刺を出した。

「警察庁長官官房人事課監察官の富樫《とがし》さん？　その富樫さんが、何か？」

佐脇は長話になりそうなのを察してタバコを取り出して火をつけた。

「おれが札付きの警官だからって、県警の監察官が出てくるのならまだ判るけど、管区警察局も飛ばして、いきなりサッチョウの監察官のお出ましとは、一体どういうことなんです？」

「佐脇さん。これはウチの入江からの伝言です。くれぐれも軽挙妄動《けいきょもうどう》を慎《つつし》むように、と」

「入江さんね……もう官房長になったの？」

「いえ、ずっと官房参事官、ですが」

「出世が停滞してるのか？」

監察官の富樫は、佐脇の軽口には乗ってこない。

「鳴海エンジニアリング及び倉橋社長については、くれぐれも扱いを慎重に願います。そのへんの町工場とか商店の社長とは違うんです」

「それはアナタ、町工場や商店への差別にあたりますな」

「それはともかく」

富樫はサラリと話を変えた。

「一係の佐脇さんが扱う分野ではないですよね？」

「おやおやこれは驚いた。倉橋社長と同じ事をおっしゃいますな。口裏でも合わせたんですか？」

「あなたについて知っていれば、これは誰もが思う事です。それ以上に、入江参事官は、佐脇さん、あなたの行動をお見通しです。いつものような美味い汁は啜れないぞ、と。これは参事官本人の言葉ですので」

「それもまた口裏を合わせたような文言ですな。まあいいでしょう。サッチョウの姿勢はよく判った。ワタシも警官の一人として、警察の親玉にはみだりに歯向かいませんよ。それより富樫さん、たったこれだけのためにわざわざ東京から出張してきたんですか？　無駄遣いも甚《はなは》だしいですな。もちろん出張には夜行バスを使ったんでしょうな？」

富樫は、佐脇を完全に無視して、鳴海エンジニアリングの本社社屋《しゃおく》に歩いていった。

「なるほど。ああいうヤツがウロウロし始めたってことは、これはネタとして上物だってことだ。語るに落ちるってやつだ。連中が自ら証明してる」

佐脇は吸いかけていたタバコを再び咥《くわ》え、美味そうに吸い込んだ。

「な。おれの勘は正しかったんだ。この件はカネになる。しかも県レベルではなく、国レベルで動いているカネだ。ケタが違うし、敵に回す連中も大物になるぞ」

「そうですね……」

得意満面の佐脇に対して、和久井は顔を強ばらせた。

「しかし佐脇さん……あんまり凄い相手だったら、下手をするとこっちが危ないんじゃないですか？　事故を装って消されたりとか……」

「ま、そのへんは用心するに越したことはないな。おれもまあ、県知事レベルや国会議員レベルなら経験があるけど、それ以上の大物となると、まだ処女、いや、童貞だ」

「じゃあ、どうしますか？」

「しっかり足元を固めていこう。捜査と同じだ。調べ上げたテキの弱味を立件に使うか、強請《ゆす》りに使うかだけの違いだ。調べるのに違いはない」

そう言った佐脇は、そこで突然、顔を強ばらせて鳩尾《みぞおち》に手を当てた。

「あ、どうかしましたか?」

なんでもない、と断ち切るように言った佐脇は、短くなったタバコを指で弾いた。

「時間がない。行くぞ」

「え? どこへです?」

「またT市だ。今度は県庁に行く。鳴海港の県有地を払い下げた担当者に突っ込む」

「誰だか判ってるんですか? その担当者は」

「県有地を管理するのは知事直属の経営戦略部管財課だ。カネが動く部署だから、おれには人脈がある。いろいろ揉み消してやって恩を売ってあるんだ。時間がねえ。行け!」

佐脇の言葉に頷いた和久井は、再びT市に向かって車を出した。

「やあ、四ツ木《よぎ》さん!」

県庁のロビーに呼び出した佐脇は、いかにも偶然を装って中年の男に近づいた。

「この方は県の管財課長の四ツ木等《ひとし》さん。この顔に絆創膏を貼った不細工な男はワタシの部下の和久井くんです」

佐脇はお互いを紹介して、立ち話もなんですからと、ロビーの傍《かたわ》らにある面談コーナーに誘った。

「なんでしょう？　私のようなものが刑事に会っていると、いろいろと風評被害が」

「まあまあ、近くに来たついでに、久しぶりに会いたくなりましてね」

それが怖いんだ、と怯《おび》えた小動物のように四ツ木は全身を強ばらせた。

「いや課長。そんなに嫌わないでくださいよ。課長は仕事柄、ヤクザのような相手とも話したりしますよね？　それに比べりゃ我々なんてどってことないでしょう？　同じ公務員じゃないですか。ラフに行きましょうよ」

「それで……ご用件は？」

四ツ木のガードは固い。

「お忙しいでしょうから単刀直入に伺います。鳴海市の旧港……昔の船着き場ですが、そこに国立の施設が建つそうで」

「その件は、知事マターです。私の関与するところではありません」

「まあまあ、そんなに突っ張らなくても。だって、県有地の払い下げの書類を作成したのは課長である四ツ木さんですよね？　書類は扱ったんでしょう？」

「だから私は、詳細は知らないんですって。上からの指示のままに処理をしただけです」

そこで和久井が口を挟んだ。

「それはおかしくないっすか？　あの、自分は鳴海エンジニアリングの重役さんの無謀運転を追跡して、事故に至らしめた警官なんですけど」

和久井の自己紹介は、明らかに脅迫《きようはく》と受け取られてしまったようだ。

四ツ木の顔には驚愕《きようがく》と恐怖が浮かんだ。

「こらお前。ナニを言ってるんだ」

佐脇は和久井の後頭部を遠慮なくぶっ叩いた。

「お前なあ、話には持って行き方ってものがある。バカかお前は。いやもう、こういう、粗暴で単純な男なんで申し訳ありません。こいつのせいで本当にご迷惑をおかけします」

佐脇は四ツ木に頭を下げた。

「いや、四ツ木さん。あなたのことを疑っているわけじゃないんですよ。お立場は重々お察しします。お互い、宮仕《みやづか》えは辛いですなあ。ただね、内々に、お話を聞かせていただければと思うだけなんで……我々も四ツ木さんのことはまったくマークしていないんですよ。で、ほんの参考までに、ちょっとお訊きしたいということで。ほら、県庁ってそれなりに組織が複雑だし、意思決定に絡んでくる人も多いじゃないですか。だからそのへんを、安心して話して貰えれば……ね？　課長とおれは、昨日今日の付き合いじゃないんだし……」

佐脇は弁舌巧みに四ツ木を口説《くど》いたので、相手のガードも緩んできた。

「それに、四ツ木さんも、本当は誰かに話したいことがあるんじゃないですか？　我々と話しておいたことで、四ツ木さんがこの先、面倒に巻き込まれなくて済む、なんて展開もあるかもしれないし」

決して悪いようにはしないし、あなたが現在関わっている倉橋がらみの案件にはキナ臭いところがある、と佐脇は力説した。

「四ツ木さん。実際に県と倉橋社長の間に立って、土地の譲渡にまつわる実務を担当しているのはあなたじゃないんですか？　書類の作成とかね。あなたも判っていると思うが、それはヤバい立場ですよ。万が一の場合には切り捨てられる恐れがある、そんなふうに思ったことはありませんか？」

佐脇の言葉に、四ツ木は激しく迷うような表情になり、ようやく言葉を口にした。

「……あれはね、知事マターというか、まあ、我々の間では、タツエ案件と言うこともあったりして……実際、非常にセンシティブな話なんですよ。ええ」

「タツエって、あの多津江夫人の？」

ええまあ、と課長は曖昧《あいまい》に頷いた。

「つまり、特別扱いをしろというような、そういう意味合いで？」

ご想像に任せます、と課長は明瞭な回答を避けた。

「けどね、少し処理の優先順位を上げたりしただけで、処理としてはいつもの通りにきちんとやりましたからね、まったく問題ないですよ、ええ」

その時、四ツ木課長のポケットから携帯の振動音がぶるる、と響いてきた。しかし課長は無視して出ようとしない。

「あの、電話じゃないっすか？」

見かねた和久井が指摘した。

「出られた方がいいっすよ」

「はい。では失礼して」

四ツ木はポケットからスマホを出すと「はい四ツ木ですが」と応答しつつ席を立った。

少し離れた場所で話し始めたが、目の前にいない電話の相手にしきりに頭を下げ、平身低頭しているのが見えた。

「相手は……お偉いさんだな。あんなに判りやすい態度じゃ足元を見られるぜ」

佐脇が思わず呟いてしまうほど、四ツ木はペコペコしながら通話していたが、やがて
「はい、では、必ずそのように計らいます」と最敬礼すると、通話を切り、佐脇に顔を向けた。

「じゃあ、私、ちょっと急を要する事情が出来たので、これで失礼しますよ」

四ツ木は佐脇の返事を待たずに、ホールの奥を目がけて小走りに進み、閉まりかけた扉をすり抜けてエレベーターに飛び乗ってしまった。

＊

その日の夜。

島津のシュラスコ屋にはまたも佐脇がいた。

「毎日たかられると、店が潰れちゃいますよ。宿主《しゆくしゆ》を殺す病原体みたいじゃないですか？」

そう言いながら奥から島津が現れた。手にはバーボンのボトルとショットグラスがある。

「おい。おまわりさんを病原体扱いするな」

「そのまんまの例えですよ。何が悪いんですか」

「よく言うぜ。お前らヤクザだってカタギ衆を宿主にしてるくせに」

「おれは今のところ、真っ当な商売をしてるだけです。おれがリスペクトする、伊草の叔父貴だってそうでした」

「伊草は鳴龍会の幹部だったからな。いろんな事業を手がけていて、それでそこそこ儲けてた。お前はどうなんだ？」

そう言った佐脇に、島津はニヤリと笑いかけた。

「そこそこですよ。でもこれで満足するつもりはないです。佐脇さん。おれと組んで、上を目指しましょうよ。おれが今日話した鳴海エンジニアリングの件、どうですか？　モノになりそうですか」

「ダメだな。この件はデカいけど、カネになるかどうか微妙だ。倉橋のガードがかなり固いし、ヤツは賢い。おまけにサッチョウの監察官が動き出して牽制《けんせい》された。手回しが良すぎるだろう。アイツらがウロウロすると、自由に動けねえんだ……」

「しかし、その動きは臭いですね」

そういう島津に、佐脇は「だろ？」と応じた。

「臭すぎる。この段階で監察官が動くのはどう見ても変だ。あからさまな威嚇《いかく》じゃないか。富樫と名乗ったそいつは入江の差し金だと匂わせたが、そうは思えないし、あの入江が言うことでもないし」

佐脇がバーボンをぐびり、と飲んだところに、御堂瑠美が姿を現した。

「お。またタカリに来たのか？」

「ご挨拶ですね。この前はうっかりしてお代を払わないで帰ってしまったので、払いにきたのよ」

「払ったのはおれなんだけど？　おれが居ると思ったのか？」

「女の勘というヤツかしら」

まあいいや飲め、と佐脇はバーボンのボトルを差し出した。

「おれは美人に弱いんだ」

「それはどうも」

御堂瑠美はまんざらでもない様子でバーボンを注《つ》いで貰い、クイッと飲み干した。

「で、センセイ。この鳴海に、かなりデカい国の研究所ができるって知ってるか？」

佐脇が水を向けると、瑠美は「知ってます」と当然のように答えた。

「うちの大学でも、みんな知ってます。けっこう話題になっているというか、研究スタッフの募集があるというので、みんな色めき立ってます」

どうして？　と状況が理解できていない佐脇に、瑠美は説明を始めた。

「研究所が一つできるくらいでは関係する人間の数も知れてるから、大した影響もないと思うでしょう？　でもそれは違うんです。研究所ができたら、関連する民間企業も付いてくるので」

「しかし文系の、教育とか社会学の研究所だぞ？　理系とか医学系なら判るが」

「文系でも付いてくるんですよそれが。それにね、研究所の研究成果を利用しようと地元の大学も規模が膨らんだりするし、ポストにも影響が出ます。ウチの大学だって、引き抜きがあるんじゃないかって、みんな浮き足立ってますし、それ以外だって、地元の雇用にも経済にも、地方の財政にも大きな影響が出るんです」

「そういえば、このへんの大学とも連携するとか言ってたけどな」

「要するに、今度鳴海にできる施設は、政府中枢が……ハッキリ言えば政府のトップが、そのお友達に便宜を図って、県に土地をタダで提供しろと暗に促した、そういう経緯の元に計画されているんです」

「その、政権トップのお友達っていうのが倉橋だな」

「そうです。お友達、というか倉橋社長はコンサル業ですから、地方再活性化という美名を前面に出して、それにここの県と市が乗ったんです。補助金が入るし、税収も増加するし、若年人口《じゃくねん》だって増えるかもしれない、それが倉橋社長による『ご提案』ですね」

「しかし公有地をタダでくれてやるわけだろう？　あの港の土地を買いたいというオファーは、たしか数年前にもあった筈《はず》だぜ」

水産学部をつくりたい大学が、十数億の値段をつけていたことを佐脇は思い出した。

「少しでもカネになったほうがいいに決まってるのに、なぜタダなんだ？」

「それはですね」

御堂瑠美はにんまりと笑った。

「昨夜もお話しした、『損して得取る』に似た、いわゆる『トレードオフ』です。タダで公有地を譲渡しても、それを上回るメリットがあると県は判断したのでしょう」

「しかし……研究の内容を、こちらの島津センセイから聞いた限りでは、あまり……というかまったく、カネになるとは思えないんだがなあ」

波動や前世、パワーストーンで儲けるのなら、別の遣り方があるだろう。

「物事を表面だけで判断してはダメですよ、佐脇さん」

と御堂瑠美が言った。

「研究所のために用地を無償で提供すれば、現政権への『協力姿勢』を示すことになるじゃありませんか。その見返りは計り知れません。政府と県庁と研究所、全部が幸せになります。まさに三方一両得のウィンウィンの関係です」

「あんたの言うことは何か……ひどく間違っているような気がするが」

本音を言えば「ひどく騙《だま》されているような気がする」だ。

「いいえ。間違ってはいません。全然、違法ではないんですから。すべてが法律に則《のっと》って、適切に処理されている筈です」

鳴海エンジニアリングには名うての法務部門がある以上、万が一にも間違いなどない、と瑠美は言い切った。

「いや、おれが言っているのは法律じゃなくて、道徳的にどうかってことだ。現政権トップのお友達を優遇して、県民の財産をタダでくれてやるんだよな？　民間企業で同じことをしたらどうなる？　例えば社長が社長の友人に未公開株をタダで譲渡したら？　思いっきり背任になるぜ」

「この場合は、なりません」

またも瑠美は断言した。

「今のところ、政権側も県知事も、この件について明確な指示を出した形跡は一切、ありません。暗に関係各所に『配慮』を求めただけ……ようするに、忖度させようとしている。忖度を強要していると言えないこともないです」

「忖度の強要！　そこまで言うか！」

言いますよ、と瑠美は自分でバーボンを注いで、また飲んだ。

「でもね、実際のところは、地元が計算するほど鳴海市が豊かになるわけではないんです。皮算用の通りに人が来るわけではないから税収も増えないし、補助金だって打ち切られるかもしれない」

御堂瑠美は学者の口調になった。

「若年人口が多少増えても、過疎化する一方の鳴海市にとっては焼け石に水です。最先端の工場が出来るならともかく、求人が増えるわけでもないし、研究所が出来ても営利企業じゃないんですから税収も増えない。倉橋や県知事や市長の言うことは、マヤカシです」

「おいおい。県知事や市長は人口も税収も増えて万々歳《ばんばんざい》みたいなオイシイことを言ってるのか？」

「言ってますよ。地方再活性化はバラ色だって。そんなオイシイ話があるなら、どこの自治体だってとっくにやってますよ」

「あれ？　センセイは倉橋側の考え方だと思ってたけど……」

「私は研究者として是々非々《ぜぜひひ》の立場です」

「そうか？　あんたはてっきり……」

なおも瑠美に絡もうとしたその瞬間、佐脇のスマホが鳴った。

かけてきたのは和久井だった。倉橋と四ツ木を直撃したあと、この怪しい店に直行した佐脇と別れ、和久井は一旦署に戻ったのだ。

『もしもし、佐脇さんですか？　鳴海エンジニアリングの、谷口の件ですが』

「おお、お前が事故に追い込んだ気の毒な被害者だな」

『その谷口ですが、血液検査の結果が出ました。谷口は飲酒運転ではなく、特殊な薬を盛られて意識が混濁《こんだく》し、運転を誤った可能性が出てきたんです。使われた薬品がなんだったかまでは、ウチの県警では判らないので、警察庁の科警研《かけいけん》に送って、詳細な分析を依頼するようです』

「そういうことか。つまり谷口は消されようとしていたって線が出てくるな。目的は、おそらく口封じだろう。それも事故を装って」

そう言った佐脇は何かが閃《ひらめ》いたような表情になった。

「しかも警官のお前に無謀運転のカドで追跡された果てってことなら、まさに文句のつけようのない『事故』だもんな」

電話の向こうの和久井は『ううう』と、声にならない呻《うめ》き声を上げた。

『自分は、今日は……もう帰って寝ます』

あらためてトラウマが甦《よみがえ》った様子で和久井が通話を切ったので、佐脇は瑠美に言った。

「聞いてたとおりだ。鳴海エンジニアリングの谷口は、口封じで殺されそうになった可能性が出てきたぞ」

さっき会ったばかりの、県の管財課長の顔が脳裏《のうり》を過ぎった。

あの四ツ木も、妙に不自然な態度だった。

あいつも怪しい。あの課長をマークしておかねば……。

「ねえ佐脇さん。この件は、いろいろ政治的経済的行政的に、専門知識がないと理解できないことが多いと思いませんか?」

瑠美が、ニコヤカに話しかけてきた。

「どうでしょう? よかったら私を捜査に混ぜてください。専門的な知識と観点が、この件の捜査には不可欠なのではないかしら?」

「江戸時代の同心なら自腹で岡っ引きを雇ってたんだがな。おれにはお前さんを雇えないよ。そんなカネないもの」

「ですから鳴海署の刑事課で、捜査顧問みたいな感じで……ダメですか？」

「ダメだね。つーか、あんた、蛍雪大学の講師だろ？　クビにでもなったのか？」

佐脇はズバリ訊いてみた。強気の瑠美がなぜか急に気弱そうに見えたからだ。

「いえ、そういうわけでもないんですけど……今日ね、非常勤講師の雇い止めの話が聞こえてきて……」

そこまで話した瑠美の知的な目に、涙が溢《あふ》れてきた。

「おっとっと！　これはいけねえ」

急に平次《へいじ》親分にでもなったような心境の佐脇は、「肉でも食うか？」と優しく世話を焼き始めた。

と、その時、瑠美のスマホが鳴った。

慌てて鼻水を啜り込んで電話に出た瑠美の顔が、急に輝いて太陽のように明るくなった。

「はい！　そうですか！　有り難うございます！　はい、頑張ります！」

瑠美も、先刻の四ツ木と同じく、深々と頭を下げて通話を切った。

「佐脇さん。私、鳴海エンジニアリングに雇われちゃった！」

「は？」

驚く佐脇にてへぺろ、と舌を出す勢いで瑠美は続けた。

「だから、さっきの捜査スタッフの件は、ナシということで。聞かなかったことにしてね。来週早々、鳴海市の小学校で、特別授業をやって欲しいんですって」

「学者のお前さんが、小学生に何を教えるんだ？」

「初等教育段階における、礼儀作法を通した人間形成の指導例の研究の、一環を担《にな》って欲しいって」

「なんじゃそりゃ。意味が全然判らねえ」

「私も判らないけど……まあ、明日、詳しい説明を聞いてくる。けど、こうなったら私は、倉橋の味方になるしかないのよね」

「勝手にしろ。この無節操《むせっそう》女が！」

「なんとでも言って。私、捜査に協力していることをネタにして、新設の研究所でポストが貰えないか探ろうと思ってたんだけど……その必要がなくなったってこと。向こうから私を一本釣りしてくれたんだから。鳴海エンジニアリングって、人を見る目があるわよね！」

　そこに島津の声が割って入った。

「その通りですよ！　それでは、御堂センセイの成功と将来の栄光を祝して、カンパイ！」

　島津が明るくグラスを掲げ、それを瑠美も喜んで受け、満面の笑みでグラスを合わせた。

「あら？　佐脇さんはお祝いしてくれないの？」

う、と詰まった佐脇は、そのまま席を立った。

「ゆうべ奢ってやったのを前祝いにしてくれ。悪いな。心が狭くて。古いヤツだとお思いでしょうがって心境だぜ」

鶴田浩二《つるたこうじ》の歌を口ずさみながら、佐脇は店を出た。

だがそこで思いがけない人物と出くわし、衝撃のあまり全身が固まってしまった。

彼の目の前には、佐脇の昔の愛人で、今は東京のキー局でリポーターをやっている巨乳のおねえちゃんこと、磯部ひかるが立っていたからだ。

ひかるは、以前は決して着たことがないようなジャージの上下に身を固め、鋭い目つきで佐脇を睨みつけた。

「アンタ御堂瑠美に惚れてるね？」

「宇崎竜童《うざきりゅうどう》かよ」

そう言い返すのがやっとだ。

「それにもう、お前とは切れてたハズだが？」

そりゃあまあそうだけど、とひかるは苦笑した。

「だけど言っといてあげる。ダメよ。あの女はヤバいから。相当ヤバいよ」

「イヤそれは重々判ってる。たしかに……アレはヤバい」

ヤバいついでに教えてあげる、と磯部ひかるは続けた。

「倉橋と現首相はズブズブ。知ってた？」

「それも、もちろん知ってる。二人は留学中に知り合って親友になったんだろ？」

「倉橋は猛勉強してハーバードの大学院で博士号を取ったけど、現首相はカネの力でハーバードの大学院に入ったの。それはいいけど、ついていけなかったのか、誘惑が多すぎたのか、そこは判らないけれど、結局はフェードアウトして中退。だから、たしかに在籍はしたけれど学位も何も取らない中退よ。そのへん、御堂センセイは指摘した？」

「いや……その件は聞いてないな」

「そうでしょう？　それはあの女が知ったかぶりの半可通《はんかつう》で、事情通ぶってるだけのマヤカシだからよ！」

磯部ひかるは、なぜか御堂瑠美に敵意を燃やしている。

「お前……もしかしてあの女に嫉妬《しっと》でもしてるのか？」

まさか、とひかるは鼻で笑ったが、目はマジだった。

「それよりお前、そのヒットマンみたいな妙な格好はなんだ？」

「佐脇さんはカネと事件の臭いを嗅ぎつける。私はネタと事件の臭いを嗅ぎつけるの。今、東京から飛んできたところよ。ちょっと時間ある？　顔貸して」

ひかるはそう言って佐脇の腕を掴んだ。

以前とはまったく力関係が逆転した感じで、佐脇は磯部ひかるに強引に拉致《らち》された。

第四章　地方公務員の死

「みなさん、お早《はよ》うございます！」

鳴海市の、市立谷町《たにまち》小学校六年生の合同特別授業が、視聴覚教室で開かれていた。ここは普通の教室より広いので、六年の三クラス全員が集まれるのだ。

「私は御堂瑠美と言います。ここの近くにある蛍雪大学で、社会学という学問を研究して、教えたりもしています」

教壇に立った御堂瑠美は広い教室を見渡した。特に照明を当てているわけでもないのに、瑠美の立っている場所だけが光り輝いているように見える。

これがオーラというものか？

やる気満々の派手系美人には、目に見えないスポットライトが当たるものなのだろうか？

六年生の女子にはタレント然とした瑠美を敬遠する感じがあるが、男子は違う。目がハート形になって飛び出しそうになっている子も多い。『スター』の色香《いろか》に、完全にノックアウトされているのが一目瞭然《いちもくりようぜん》だ。

教室の後ろには教師たちが立っているが、他の大人たちも来賓《らいひん》然として座っている。県知事夫人の多津江に鳴海エンジニアリングの倉橋社長、そして他にもPTA関係者やその他数人のオヤジたちがいる。彼らはめいめい自分のスマホでこの教室の様子を、まるで運動会でも記録するようなノリで、いそいそと撮影している。

そして佐脇と和久井も教室の隅に居た。多津江夫人が出席するので、警護がてら同席せよとの命令が署長から直々《じきじき》に下ったのだ。

「ねえ佐脇さん。多津江夫人のそばにいる、あのエラそうなオッサン二人は誰っすかね？」

小声で和久井が訊いてきた。

「あれは県会議員の石田《いしだ》と赤西《あかにし》だ。相撲《すもう》取りみたいな丸い顔をして脳みそまで脂肪じゃないかと思えるあほ面が石田で、頭が薄くて中身も薄そうで、いかにも性格が悪そうな、イヤらしい目つきのほうが赤西だ。どっちも知事が言うことにはホイホイと賛成する、無思想無節操で、知事の親衛隊とか腰巾着《こしぎんちやく》とか言われてる茶坊主どもだ」

それが聞こえたのか、二人の中年が佐脇の方を睨むように見ると指をさしてきた。

「そこ、私語を慎め！」

おお怖《こえ》え、と佐脇は首を縮めた。そこに御堂瑠美の澄んだ声が聞こえてきた。

「はい、みなさん。みなさんは、人類みな兄弟、仲よくしましょう、という言葉を聞いたことがありますか?」

瑠美は笑顔で語りかけている。

「喧嘩《けんか》をしないで仲よくすることは、とてもよいことだと思います。私もそう思います。でもね」

そこで瑠美は真顔になった。

「国際政治学の立場から言うと、人類みな兄弟なんて、そんなことはありえない! って思うんですね。日本は海に囲まれて安全な国ですが、一歩外に出ると、言葉も考え方も肌の色も、何もかも違う異邦人《いほうじん》が……異邦人って判りますか? 外国人のことなんですけど、その異邦人がウジャウジャいて、テロなんかして、なかなか仲よくなんか出来ません」

おいおい、と佐脇は呟いた。

「こんな話、小学生相手に言うべきことか?」

しかし、来賓からはパチパチと盛大な拍手が湧いた。それに気をよくした瑠美は、ますます声に力が入った。

「もっと言うとね、国際社会というものはね、とっても厳しい競争に晒《さら》されているんです。国際社会とは国家間の国益《こくえき》を巡る戦いの場であって……ちょっと難しいけど、みなさんにも判るかなあ？　地球市民、世界市民のコスモポリタンというような、そんな現実を無視した、夢物語みたいな甘っちょろいことを言っていては、日本は世界でやっていけない、世界で決して通用しないと、私は機会あるごとに言ってるんですよ」

「機会って、バカ大学のバカ学生相手にやってるゼミって意味か？」

「さあ？　自分は高卒なんで判りません」

和久井は小声で佐脇に応じた。御堂瑠美は相変わらず絶好調だ。

「それでね、今日はいい機会ですから、小学生の皆さんにも、まず現実を知って欲しくて、最初に厳しいことを言ってしまいました。でもね、私たちは本当に幸せなんですよ。イラクやシリアについて知ってますか？　町中が破壊されて、病院や学校も爆撃されて、本当にこの世の地獄です。国際社会とは、食うか食われるか、殺《や》るか殺られるかという、実にサツバツとしたところなんです」

それからも御堂瑠美はえんえんと、理想論を棄《す》てて現実を直視しろという、身も蓋《ふた》もないことを喋り続けた。

「一事が万事で、皆さんが使う言葉にも、皆さんの考え方が表われてしまうんです。今までのような、国家意識のない教育をしていては、日本という国家はなくなってしまいます」

鳴海エンジニアリングに雇われた御堂瑠美は、本心からかは不明ながら、いやがうえにも『愛国心』を強調する内容を喋りまくった。

「つまり、国とは国益を巡って互いに戦う存在なんです。ですから小学生の皆さんは、今のうちから国家意識や愛国心を持たなければいけません。なぜなら、国境が陸続きの国の子供たちは、生まれた時からそういう意識を持っているからです」

目をきらきら輝かせ、立て板に水で話す様子は、さながら右翼の広告塔だ。

「人類みな兄弟などというフレーズのおかしさ……皆さんももう、気がつきましたよね？そもそもお隣の国の人たちと皆さんは兄弟ではないのですから、それは『嘘』です。学校で『嘘』を教えてはいけません」

どこかで聞いたようなフレーズのつるべ打ちに、佐脇はヤレヤレと大いに呆れた。しかし、多津江夫人をはじめとする来賓たちは、感に堪《た》えない様子で聞いている。

「おい……県知事夫人のオバサン、涙ぐんでるぜ。スポーツ新聞なら『夫人、号泣』とか書くんだろうな」

あんまり面白いので佐脇はつい和久井に囁《ささや》いてしまった。

「小学生たちはシラけてるのに、来賓のオッサン連中だけが拍手して、バカじゃねえのか？」

ちょっと声が大きくて、来賓たちが険悪な視線で佐脇を睨み付ける。

「あ〜では、このへんで御堂先生のお話はおしまいです」

教室の後ろから見守っていた教師が進行した。

パチパチ、と拍手をしたのは瑠美に骨抜きにされたも同然の男子生徒たちだ。それに呼び起こされたように来賓も負けじと拍手を送って、教室はさながら「御堂瑠美独演会」のような雰囲気になった。

「それでは……みんな、先生に質問ありますか？」

得意満面の瑠美は自信満々で生徒を見渡した。

しかし、拍手はしたが意気地《いくじ》がない男子たちは俯《うつむ》いて指されるのを避けようとし、お互いの顔を見てモジモジするばかりだ。

その中で、優等生っぽい整った顔の少女がハイと手を上げて立ち上がった。

「あの……マジで言っていいんですか？」

「どうぞ。思ったことを素直に話してね」

瑠美は笑顔で答えた。

「あの、『人類みな兄弟』というのは、人種も違うんだから、リアルに言えば考えられません。だからこれは喩《たと》え話というか、比喩《ひゆ》だと思うんです」

その勇気あるひと言で、教室の空気が変わった。御堂瑠美は一瞬たじろぎながら答えた。

「もちろん比喩です。比喩ですけどね、私が言いたいのは、キレイゴトでは国際社会を渡っていけないということで」

ハイ、と別の女の子が手を上げた。

「それなんですけど、最初からそういう喧嘩腰だと、相手だって仲よくしようなんて思わないんじゃないですか？」

子供たちから、そだね〜という声が上がった。

「それはね、最初から友だちだって判ってるならツンケンしないけど、そうじゃなければ」

「でも御堂先生。担任の先生は、転校してきたコと仲よくしなさいと言いますよ？　転校生だって、初めて会ったときはお互いどんなコか知りませんよね？　そういうとき、転校生にツンケンすべきなんですか？　お引っ越ししてきたお隣が外国の人だったら、仲よくしてはいけないんでしょうか？」

「いえいえそんなことは……」

「けどセンセイは今、そう言いましたよね？」

「言ったかしら？　へんねえ……言ったとしてもそういうことじゃなくて……私が本当に言いたかったのはそういうことじゃなくてね。国際社会と、学校とかご近所のことを直結して同列に考えるのは、ちょっとね。やっぱりみんな、まだ小学生だからかしらね」

瑠美は劣勢《れっせい》を挽回《ばんかい》しようとしたが、墓穴《ぼけつ》を掘った。

「なんか、言い逃れしてる！」

「小学生だからって下に見るのよくないです！」

「そうだよ。『人類みな兄弟』って血がつながってるとかじゃなくて、人と人とのつながりのことを言ってるんだから、御堂センセイが嘘だとか話が違うって言うのは、違うんじゃないかなあ」

他の生徒たちも口々に疑問を呈《てい》し始めた。

「それにさあ、そもそも『人類みな兄弟』って、ボートレースで儲けたどこかの偉い人がテレビで言ってたことだってお母さんが言ってました！　その偉い人って……なんて言うの、昔風の考え方をする……」

「右翼だ」

思わず佐脇が呟いた。

「って言うか、国粋《こくすい》主義ってヤツか？」

県会議員二人と多津江夫人が佐脇を睨み付けた。

生徒たちはそれぞれ真剣な面持ちで考えながら発言を続けた。

「御堂先生。うちのクラスの先生は、みんなそれぞれ個性があって考え方も違うんだから、お互いのことを尊重して、相手のことを理解すれば喧嘩をする理由はなくなるって教えてくれましたけど、それは間違ってるってことなんですか？」

これにも「そだね～」の声が上がった。

「そうじゃなくて！　私が言いたいのは、相手が尊重できなくて、まったく異質な存在の場合で」

瑠美も懸命に応戦しようと試《こころ》みた。映画好きらしい小学生が発言する。

「テレビで観た昔の映画なんですけど、宇宙人が地球に来て、言葉が通じないけど音楽で会話して話が合うっていうのがありました。異質でも付き合ってみることは出来るんじゃないんですか？」

「ですからスピルバーグのあの映画はそもそも楽天的で……邪悪な火星人が出て来る映画もありましたし……」

「私のお父さんは会社の仕事で外国に単身赴任《ふにん》してて、今は砂漠の国の……サウジアラビアにいるんですけど、最初は苦労したけど、仲良くなれば仕事も上手くいくようになったって言ってますけど、それも甘い考え方なんですか？」

「シリアやイラクだって、アメリカとかロシアの仲が悪いから、それに巻き込まれて問題がこじれて、それであなってるってテレビの人が言ってたけど」

「あ！　それ見た！　最初はコントロール出来ると思ってたのに途中からイスラム国が暴走し始めて無茶苦茶なことになったって。というか最初にイラクを滅茶苦茶にしたのがアメリカで、それは間違った情報を信じたからだって」

「御堂先生。先生の言う国家意識って、相手にケンカを売る態度ってことですか？」

「日本はカンコーリッコクするって偉い人がニュースで言ってましたけど、外国の人を敵みたいに思ってたら、カンコーリッコクなんて絶対無理だと思います」

生徒たちは口々に御堂瑠美に反論というか、要するにやり込め始めた。

こうなると、最初は御堂瑠美に魂《たましい》を抜かれたようになっていた男子生徒たちも我に返ったのか、「おかしいよなあ」と女子に同調し始めた。

教壇の御堂瑠美は三クラス七十人の生徒に一斉に反乱を起こされて、絶句して凍《こお》り付いてしまった。こういう展開をまったく予期していなかったらしく、顔面蒼白《そうはく》で完全に動転している。

「おい先生！　ホントの先生！　至急なんとかしろ！」

来賓の県会議員から教師を叱咤《しった》する声が飛んだ。

「特別講師に恥をかかせてどうするんだ！」

多津江夫人は心底びっくりしたような面持ちで特別授業のなりゆきを眺め、倉橋社長はキレる寸前の表情で教師たちを睨み付けている。

「はい、みんな」

仕方なく、後ろに立っている教師がまとめ役を買って出た。

「もう時間が来ました。この世の中にはいろんなヒトがいて、いろんな考え方がある。今日はそういうことを学びました。じゃあ特別講師の御堂先生に有り難《あがと》うを言いましょう！」

教師はそう言ってキレイにまとめようとしたが、生徒たちは声を揃《そろ》えて有り難うを言うどころか、「おっかしいよなあ！」「なんかヘンなの！」「難しいこと言っとけば賢いみたいなのキライ」とか口々に言い、要するに御堂瑠美の初等教育者デビューは惨憺《さんたん》たる結果に終わったのだった。

「まあ、そんなに落ち込まないで」

特別授業のあとの「打ち上げ」会場となった鳴海グランドホテルのパーティルームで、多津江夫人はガックリしている瑠美を慰《なぐさ》めた。

「そうですよ御堂先生。小学生相手にマジになってどうしますか」

倉橋も、多津江夫人と一緒になって瑠美を励《はげ》ました。

「誰だって小学生相手に授業するのは難しいものですよ」

「いえ、ですが、私はそんな小学生さえ論破できなかったのが悔しくて」

「まあ瑠美センセイはアドリブの力が足りなかったのかもしれませんな」

昼間の会だからランチのようなパーティなのかと思ったら、酒が並んでいる。しかも、まだ「会」は始まっていないのにビールの栓が抜かれてめいめいが勝手に飲み始め、県会議員のセンセイ方は既に顔が赤い。瑠美のグラスにビールを注いだ赤西は、赤鬼と形容してもいいくらいに真っ赤になっている。その薄い髪の毛は乱れ、それほどの歳でもないのに頬《ほお》に浮かんだシミも色づき、小さく狡猾《こうかつ》な目だけがらんらんと光っている。

「いや御堂センセイ。センセイが特別授業で仰《おっしゃ》った内容にひとつも間違いはありません。理想主義だかなんだか知らないが、真っ白な小学生をアカに染めるような教育は間違っている。それもこれも何もかも日教組《にっきょうそ》が悪いんだ！」

「あんたの顔は真っ赤だけどな。代々木《よよぎ》レッズ ｂｙ ビートたけし。たけしも、あの頃の切れ味は最高だったな」

同席している佐脇が完全に聞こえよがしに言い、それを赤西が聞きとがめた。

「なんだ貴様！　貴様は警備で来た警官だろ！　それがワシらと一緒に酒飲んでていいのか！」

赤西は赤い顔をいっそう赤くして怒鳴った。

「いや、おれの場合、ビールはジュースみたいなもんだから、心配ご無用」

「そうじゃない！　警備の警官ならそれらしく、会場の外で立ってろと言ってるんだ！」

佐脇は知らん顔をしてグラスに入ったビールを飲み干した。

「しかしセンセイ。こんなチンケなホテルの、それも宴会場の外でおれたちが立ってると、逆にこの中に要人が居るって宣伝になってしまいますぜ。そこの御堂センセイが言ったことが正しければ、この世には悪党がウジャウジャいて、今にもテロリストが攻めてくるそうですからな」

「私、そんなこと言ってません！……あの、言ってないと思います……」

瑠美は言い返したが、その口調はいささか自信がなさそうだ。

「それはまあ……多少は誇張《こちょう》しましたけど、お仕事の場合はクライアントの意向に従うのが大切でしょう？　私は期待される役割をきちんと果たしただけです。そういう、大人のルールに従ったまでのことで」

「じゃあ明日、バリバリの左翼っつうか、リテラか日刊ゲンダイが講演してくれと言ってきたら、あんたは左がかった内容を喋るのか？　あんたのお友達らしい右の悪口を混ぜたりなんかして？」

嘲《あざけ》るように言われた瑠美の目には失望の色が浮かんだ。

「残念だわ。佐脇さんはお友達だと思ったのに」

「こら貴様、ポリ公の分際《ぶんざい》でセンセイに対して失礼だぞ！　センセイはそんな、電波芸者みたいな、いい加減な存在ではないんだ！」

瑠美親衛隊と化したらしい赤西が佐脇に食ってかかった。

「我が鳴海を代表する知性であらせられる御堂センセイに、貴様はなんという口を利く！」

「鳴海を代表する知性？　この御堂センセイが？　いやいや、とてもそんなもんじゃありませんって。買いかぶらないでくださいよ」

「ちょっと。それ、私が謙遜《けんそん》で言うセリフでしょう！　佐脇さんが私のことを勝手に謙遜するのはおかしいでしょ！」

瑠美がほとんど涙目になりかけているところに、豪華オードブルが盛大に盛られた皿を持って、千紗が現れた。

「お待たせいたしました、皆さま。どうぞ召し上がれ！」

「なんだよお前、居酒屋で働いてたんじゃ……」

思わず小声で言いかけた佐脇に、千紗は素早く人差し指を唇《くちびる》に当てた。

「パーティコンパニオンに転職したの！」

「なんでおれに話さないんだ？」

「だって訊かれていないもの」

佐脇の驚愕をよそに、千紗以外にもきれいどころの女性たちがパーティドレスに身を包み、銀の皿に載った料理を運んできたり、参加者のグラスにビールやワインを注ぎ始めた。

「はい。それでは」

と、県会議員の力士もどき・石田がマイクの前に立った。

「すでに出来上がっている方もいらっしゃいますが、では、これから御堂瑠美センセイ特別授業の打ち上げパーティを挙行致します。ワタクシ、鳴海青年商工会会頭で県会議員の、石田淳也《じゅんや》でございます」

パチパチと散発的な拍手が湧いた。

「本日の特別授業は地元鳴海が誇る、日本を代表する知的デベロッパー・鳴海エンジニアリングと、我が鳴海青年商工会が合同で行ったものでありまして、地元の名門・蛍雪大学の若き学究でありますところの御堂瑠美センセイに、スペシャルな授業を行っていただきました！　どうか皆さん、御堂センセイに盛大な拍手を！」

ふたたび散発的な拍手が湧いた。

石田はくどくどと、とりとめのない挨拶を続けたが、当然、場内は飽きてきて、私語を始めるわ勝手に料理を食べ始めるわと次第に乱れ……そしてついに、コンパニオンにお触りする輩《やから》まで現れた。

「きゃっ！」

悲鳴が上がったので佐脇がその方を見ると、パーティコンパニオンの一人が、自分のお尻から必死になってオッサンの手を剝《は》がそうとしている。そのオッサンは……挨拶を終えたばかりの石田だった。

「いいじゃないか。減るもんじゃなし。コンパニオンだろ！」

顔面にエロ満載の石田は、下品な笑い声を上げた。

「温泉のコンパニオンは裸になってオ○○コさせるぞ」

佐脇が止めに入ろうとする前に、千紗が石田の前に立ちはだかってぴしりと言った。

「やめてください。パーティコンパニオンと、エロ温泉のコンパニオンは違いますから！」

「ああそうなの。ふん。お高くとまっちゃってサ」

石田は冗談に紛《まぎ》らわせたが、このあと座は一気に乱れた。

石田と赤西が中心となってPTA関係者の男性も巻き込んで、乱暴狼藉《ろうぜき》を始めたのだ。

みんな酒に弱いのか酔ったフリをしているのか、泥酔状態になって、裸踊りを始めるわ、足をふらつかせてわざとコンパニオンに抱きつくわ皿やグラスを割るわ、「やめてください」と言ったコには「偉そうにするな！　ホステスみたいな女が！」と罵倒《ばとう》するわで、一気にひどい有様となった。

会に招待された学校関係者は顔を引き攣《つ》らせているし、御堂瑠美も引きまくっている。

しかし、その中で、一番怒って一同をたしなめなければならない立場の多津江夫人は、すでに酔っているのか、それとも事態が理解できないのか、参加者の乱暴狼藉をにこにこと楽しそうに眺めている。まるでこの乱痴気《らんちき》騒ぎが多津江夫人のための余興《よきょう》であるかのような、そんな錯覚《さっかく》さえ起こしてしまうほどだ。

石田や赤西が率先《そっせん》して、料理を取り分ける用のお皿を、屋島《やしま》や天橋立《あまのはしだて》のカワラケのようにぶんぶん投げ始めた。皿は当然どんどん割れる。割れるたびに大爆笑が起きる。

ホテルの関係者は頭を抱え、コンパニオンは……パーティドレスを捲《まく》りあげられて下着を公開されたり、無理矢理抱きつかれておっぱいをモミモミされたりしている。

和久井が耳打ちしてきた。

「ちょっと佐脇さん……これはいくらなんでもマズいんじゃないっすか？」

「いや、このくらいは想定内だ。この青年商工会っていう、若手経営者や政治家の組織は全国にあるんだが、聞くところによるとどこの支部もレベルはこんならしいぜ。とにかく宴会が下品で、乱痴気騒ぎが大好きらしい」

「しかしこれは……セクハラ、いやここまで来ると強制わいせつっす。逮捕しましょうよ」

和久井は青年らしい憤《いきどお》りを見せたが、佐脇はなぜか余裕綽《しやく》々《しやく》だ。

「まあ、もうちょっと様子を見よう」

「ちょ、何なんすか？　時間調整する水戸黄門《みとこうもん》みたいなこと言って」

しかし佐脇よりも先に千紗がキレた。コンパニオン全員を監督するポジションで動いていた千紗はお触りの犠牲《ぎせい》になってはいなかったが、あまりの狼藉に怒りの声を上げたのだ。

「ちょっと！　お客さんたち、やりすぎじゃないんですか？　物を壊さないでください」

抗議するうちに怒りが増幅《ぞうふく》したものか、最後は怒声になった。

「わざと床に叩きつけて割るなんてどういうことよ？　あんたらストレスそんなに溜まってんのか？　え？　いいトシして何やってるのよ！」

「おいこら。この女はなんちゅう口の利き方してんねん！　あ？」

県会議員のはずの石田が、いきなり地が出たようなヤクザ口調になった。

「皿ぐらいカネ払《はろ》たらええんやろが。お前らも、カネ払たらスッポンポンになってオ〇〇コさせるんやろがい！」

せやろが！　と石田が千紗に襲いかかり、白いドレスが裂《さ》けるビリビリという音と同時にネックレスの真珠《しんじゅ》も千切《ちぎ》れ、バラバラと床に撒《ま》き散らされた。

「ちょっとアンタなにすんのよ！」

激怒した千紗も負けてはおらず、石田の頬を思いっきりビンタする。

それまでニヤついていた石田だが、ニヤついた顔が凝固《ぎょうこ》したままふっ飛んで、テーブルに並んだオードブルの上に倒れ込んだ。

「アンタたち、ここをどこだと思ってるの！　ホテルのパーティルームだよ？　場末のエロ温泉のエロ宴会とは違うんだからね！　何の権利があって、うちの女の子のスカートめくったりおっぱい触ってるのよっ！　嫌がってるじゃないのっ！」

千紗の抗議が響き渡り、阿鼻叫喚《あびきようかん》の巷《ちまた》と化していたパーティルームは一瞬、静まり返った。それまで大笑いして馬鹿騒ぎを楽しんでいた多津江夫人も、シュンとなってしまった。この状況がヤバいということがようやく判ったらしい。

「佐脇さん……場を収めましょうよ」

和久井に言われた佐脇が、「おう」と言って前に進み出ようとした、その時。

パーティルームのドアが左右にガバッと開き、ビデオカメラを構えた磯部ひかるが、颯《さつ》爽《そう》と入場してきた。

「失礼します。私、東京でテレビの取材レポーターをしております磯部と申します。こちら、本日の特別授業の打ち上げ会場ですよね？　ちょっと取材させていただいてよろしいでしょうか？」

ひかるはそう言って、許可を求めるように佐脇を見た。

「許可します」

佐脇はぶっきらぼうに応えたが、倉橋が異を唱えた。

「アンタは許可を出す立場にはない！」

「あら、よろしいじゃありませんか？」

多津江夫人が浮き浮きと声を上げた。

「どうせ私を取材したいんでしょう？　磯部さん、夜のニュースでいつも観てますわ。地元のローカル局から東京に出て頑張ってらっしゃるのよね！」

多津江夫人のツルの一声に、他の出席者たちも黙るしかなくなった。特に石田と赤西はバツが悪そうにコソコソと部屋の隅に逃げた。

「ありがとうございます。打ち上げの席に長居して場を壊すつもりはありませんので、手短におうかがいします」

「どうぞ。なんなりと」

ビデオカメラを構えて、ひかるはインタビューを開始した。

「今日の特別授業の内容は、県知事夫人のご意向に沿ったものだと伺っていますが」

「いいえ。今日の授業はすべて、そちらにいらっしゃる御堂瑠美先生のお考えによるものですわ。私たちは先生を信頼してお任せしただけなんです」

「そうなんですか？　聞くところによると、鳴海エンジニアリングがこの鳴海に建設を推進している国立の、社会学系研究所の研究内容にも、県知事夫人のご意向が強く反映されているとのことですが」

「そうなんですか？　私、よく知りませんけど、そんなこと、どなたに訊いたの？」

「これはけっこう、東京でも知られている話ですが」

「あら。東京でも？　鳴海は有名になったのね！　よかったじゃない？」

多津江夫人が周囲を見渡すと、配下の者はみんな、ははっと恐れ入った。

「悪名が広まったという見方も出来ますが」

「悪名でもなんでも、知られないよりいいんじゃないかしら。タレントさんだって同じでしょう？　まず知ってもらわないと話にならないのでは？」

多津江夫人は上機嫌でひかるの質問に答えている。

それを見ている佐脇に、和久井は囁いた。

「もしかして佐脇さん……この流れを待ってたんですか？」

「待ってた？　どういう意味だ？」

「だって……佐脇さんともあろう人が、さっきみたいな乱暴狼籍に黙ってたのはおかしいっしょ？　しかもエロ議員に襲われてたの、あれ、佐脇さんの彼女さんじゃないっすか。てっきりこれはすぐ止めに入るか、エロ議員にいつ殴りかかるかと思っていたのに、全然止めないから、これは絶対に何かあるなって」

佐脇は黙って自分のスーツの袖口《そでぐち》を指差した。

そこには小型のマイクが仕込んであった。

「さっきの授業の音声が欲しいとひかるに頼まれてたな。本当は映像が欲しいって言われたんだが、映像だと誰が撮ったかあとでバレちまう。でも音だけなら、おれやお前の声さえ抜けば、誰が録音したのか判らない。それに、さっきの授業はPTAとか、学校関係者がスマホで撮ってたしな」

会場の中央では、手短にと言ったにもかかわらず、磯部ひかるのインタビューが結構長く続いていた。

「ええ、それは言ったかも。いいお話だから進めてくださいね、というふうには言ったと思いますわ、たぶん。だって、ホントにいい話だと思ったんですもの」

多津江夫人はそう言って無邪気に笑ったが、周囲の男、特に倉橋は苦い顔をして「多津江夫人、もうそろそろ終わりにしましょう」と止めに入った。

「知事夫人、多津江さん。あなたには影響力がおありなんだから、そのへんのことをもっと考えていただかないと！」

「あらそうかしら？　自分が感じたことを黙ってないといけないって、窮屈《きゅうくつ》ね」

「ですからご自分の立場を考えてくださらないと。あなたのご主人はこの県ではトップの、国で言えば大統領である、県知事なんですから！」

「あら。こんな田舎の県知事でも？」

「そうですよ！　というか、県は小さいですが、知事の名声はかなりなものなんだから」

多津江夫人が不満そうな表情を浮かべるなか、インタビューは中止されて、磯部ひかるを倉橋が会場外に追い出そうとしたところで、「ここは本官が」と佐脇がその役を買って出た。

「おいあんた。ちょっと事情を聞きたい。どういう形でこのインタビューが企画されたか

について だ!」

佐脇はやたら高圧的な態度で、和久井とともにひかるを宴会場の外のロビーに連行した。

「済まんな。ああいうふうにヒトに聞こえるくらいの声で言っとかないと、おれたちのことを妙に疑われるからな」

ロビーの隅で立ったまま、佐脇は隠しマイクと小型レコーダーを袖から抜いてひかるに渡した。

「警察がこうやってマスコミに協力するのは一応、御法度《ごはっと》だ。しかしまあ、昔からブンヤと警察ってのは持ちつ持たれつってところがあってだな」

「佐脇さんはヤクザと警察の関係もそうだと言ってませんでしたっけ?」

和久井がコメントする。

「言ったっけ?」

「まあ、似たようなものよね」

ひかるはニッコリ笑った。

「映像の方は誰かに貰えると思う。誰にも貰えなかったら、この音だけ使うことにするわ」

「あのな、授業よりも打ち上げでの乱暴狼籍の方がずっと面白かったぜ。特に県会議員の二人は、この録音だけで簡単にクビに出来る。エロ議員の典型だ」

「あとでじっくり聴かせてもらうわ」

ひかるがニッコリ笑ってホテルから出ていくのを見送っていると、和久井がふと思いついたように言った。

「佐脇さん、自分は国見病院に行ってきたいんですが」

「どこか悪いのか？　アタマ？」

「いえ、谷口さんの見舞いに」

和久井は佐脇の軽口には容易《ようい》には乗らない。

「谷口って……お前が殺しかけた鳴海エンジニアリングの重役か」

「ええ。これでも三日に一度は見舞ってるんですよ」

「エラいと褒《ほ》めて欲しいのか？」

ならばおれも行こうと二人はホテルから立ち去ることにした。

「あ……多津江夫人の警護はいいんでしょうか？」

「もうそろそろお開きだし、おれたちが居なくなって座はもっと乱れてるだろ。田舎のエロ温泉の宴会みたいなものに、これ以上おれたちが付き合う義理はない。おれにはもう……時間がないんだ」

まあ、お忙しいですもんねと和久井は軽く受け流した。

「しかしあの……千紗さんの安全は」

「大丈夫だろ」

そう言って佐脇はニヤリとした。

「あのエロ議員を平手打ち出来る女だ。自分と自分の仲間の身は守れる」

二人は、タクシーに乗り込んで国見病院に向かった。


谷口が入っている個室は特別仕様で、病院の一階で面会申請をしたうえに、病室フロアのナースステーションに顔を出して、ドアを開けて貰わないと入室できないようになっている。通常は警備の警官を配置するところだが、この病院にはこういうセキュリティ万全の個室があるので、人員を割《さ》く必要がない。

ベッドの上の谷口には未《いま》だ意識がなく、昏睡《こんすい》状態が続いている。顔には酸素マスクが装着され、全身にはチューブが繋がれていた。ただ、顔色は悪くなくて、危機を脱したようではある。

「意識さえ回復すれば、薬を盛られた前後の状況も判るんですが」

「気の毒になあ。この上品な重役さんを、お前は足蹴《あしげ》にしたんだって？　うしろから煽って煽って車で追い詰めて、あげく車から引きずり出して暴力を振るったんだよな？」

佐脇は昏睡状態だとはいえ当人の前で言った。

「あ、それ、かなり盛られてますけど……でもあの時は、本当に、このヒトがクスリか酒でイッちゃってると思ったんです」

二人の警官は、しばらく谷口の寝顔を黙って見ていた。

が、さすがに、何もしないで立ってるだけというのも芸がない。

「花でも買ってくるか？　当人が目を覚まさないんだから食い物はダメだろうし」

「お見舞いに花はタブーじゃなかったでしたっけ？」

なんでだよ、と佐脇はムッとしたが、和久井はスマホで調べたことを読み上げた。

「花には感染症の原因になる菌がついてることが多いのと、匂いを気にする人が多いのと、あと枯れるし、処分が大変だからだそうです」

和久井は花の代わりになる「喜ばれる見舞いの品」を列挙した。

「ペットボトル、お茶・水を問わず。ふりかけ、小サイズで数が多く入っているゼリー、リップクリーム、保湿パック、汗ふきシート。他に耳栓、アイマスク、イヤホン……」

「どれもこれも意識不明の谷口さんにはそぐわないモノばかりだな」

「目が覚めた時のことを考えましょうよ」

和久井は佐脇を非難するかのように言った。

「目が覚めたらテレビを観るでしょうから、テレビカードにしましょうか」

「それだな」

じゃあ買ってきますと出ていこうとした和久井のあとに、佐脇も続いた。

「一緒に行くよ。ここに居たって仕方ないだろ?」

二人は連れだって病院の売店を物色して、テレビカードの他にティッシュや雑誌を買って、病室のあるフロアに戻った。

病室の前まで戻ったところで、ナースにドアを開けてもらわないと入室できないことを思い出した。

「しまった。ナースステーションまで戻らないと」

佐脇がそう言った瞬間、いきなりドアが開いて中から人が出てきた。

男だ。その男は佐脇と和久井に気づくと一瞬身構えた。

黒ずくめの、全身タイツのような機能的な衣服を身につけた筋肉質の男だ。手足が妙に長く、浅黒い顔色以外に、顔立ちには特徴がない。佐脇を見たその男は、一瞬、白い歯を見せた。笑ったのかもしれない。

しかし、その刹那《せつな》、男はさっと身を翻《ひるがえ》すと全力で逃げ出した。

「あの男を追え!」

咄嗟《とっさ》に和久井に命じた佐脇は、谷口の危険を察知して病室に飛び込んだ。

ベッドの脇のバイタルをモニターする画面が、水平に伸びた線だけを表示している。

呼吸も脈拍もすべてがゼロになっている。

「誰か！　大変だ！」

ナースコールを押しながら、佐脇は大声を出した。

すぐにインターフォンが応答した。

「どうしました？」

「モニターしていないのか？　谷口が死ぬぞ！」

数秒後に看護師が三人、飛び込んできた。

「どういうことですか！」

「知らねえよ！　妙なヤツが病室から出てきて、入れ違いに中に入ったらこうなってたんだ！」

看護師の一人が心臓マッサージを始め、もう一人が医者を呼びに走り、もう一人が切られていた酸素吸入のスイッチを入れ直した。

少しして若手の医師がワゴン・タイプのＡＥＤを押しながら慌ただしく走ってきて、状態をチェックした。

「アドレナリン一ｍｇ、重炭酸ソーダ四〇ｍｇ静注《じょうちゅう》して」

医師はＡＥＤをセットしながら看護師に慌ただしく指示を出した。

「最初は二〇〇。みんな下がって」

医師が両手にパドルを持って谷口の痩せた胸に宛《あ》てがい、一回目の電撃が加えられた。

しかし心電モニターには心拍の反応は現れない。

「三〇〇にチャージ。みんな下がって」

ぽん、という音とともに二度目の電撃が加えられ……ややあって、ぴっぴ、という自発心拍反応がモニターに現れた。

「心拍、戻りました」

心底安堵《あんど》した口調で看護師が言った。

「リドカイン一ｍｇを持続点滴」

「自発呼吸、回復しました」

医師はモニターをちらと見て波形を確認した。

「いいぞ……動脈血のｐｈ《ペーハー》と血液ガスを測定して」

再度モニターをチェックしたあと、医師は佐脇に言った。

「谷口さんの呼吸停止状態はどれくらい続きました？」

「おれが病室に入った時にはもう止まっていたと思うが……入れ違いに出ていったヤツが生命維持装置を切ったんじゃないかと考えられるんで……おれたちが買い物に行って部屋を離れた時間を考えても……数分ってところだと思うが」

佐脇の答えは心許《こころもと》ない。

「そうですか」

まだ若い医師は患者を見遣《みや》って少し考えた。

「たぶん……大丈夫でしょう」

「お願いしますよ。この人は、事件の重要な鍵を握る人物なんだ！　この人に死なれては困る！」

そこへ、和久井が息を乱したまま入ってきた。

「どうなった！　捕まえたか？」

いいえ、と和久井は首を横に振った。

「逃げられました」

「逃げた男がやったのは間違いない。しかし誰だ？　というか、誰の差し金だ？　イヤその前に、あの男がどうしてこの部屋に入れたんだ？」

佐脇は看護師たちを見た。

「ここに入るのには、厳重なチェックが必要なんだよな？」

看護師たちは頷いた。

「マスターキーみたいなものはあるのか？」

「それは、あります。停電そのほかの非常時に使うための」

医師がそう答えた。

佐脇は腕を組んで考え込んだ。

「まあ、とにかく……谷口が助かって、よかった。今日、我々が見舞いに来たのは、運が良かったのかもしれない」

そう言ったあと、佐脇が病室を出ていったので、和久井も黙ってその後に従った。

廊下のベンチにどかっと座った佐脇は、腕組みをして和久井を見上げた。

「なあ、これは偶然か?」

「と、言うと?」

「おれたちが見舞いに来て、谷口を絶妙のタイミングで助けたことがだよ。出来すぎじゃねえか? ありがちな刑事ドラマで、こんなふうに危機一髪で重要人物を助けたりするが、そんな偶然、そうそうあるもんじゃない」

「そうですね……」

「敵は本気で谷口を殺す気はなかったんじゃないか? むしろおれたちに警告を発するというか、脅すつもりで谷口を使ったんじゃねえのかな?」

「それが警告じゃ済まなくて谷口が死んでも、それはそれで仕方がないと?」

ああ、と佐脇は頷いた。

二人の間で、犯人像は共通しているように思えたが、お互いその名前は口にしていない。

病室からは規則的な電子音が響いてくる。谷口の脈拍だ。

「ここの医者はヤブばっかりだと思ってたが、マトモな医者も居るんだな」

沈黙に支配されるのがイヤで、佐脇は無理に軽口を叩いた。

その時、佐脇のスマホが鳴った。相手は四ツ木だった。

『佐脇さん。是非《ぜひ》会って、話したいことがある』

佐脇は黙って相手の言葉を待った。

『あなたに言われて私も考えた。このままでは私の人生は……仕事は何だったということになる。犠牲が大きすぎる。妻との仲も破綻《はたん》寸前になってしまった』

それを聞いて、佐脇は応じた。

「あんたの都合に合わせる。何時《いつ》でも何処《どこ》ででも」

『今夜十時、市民の森の中央広場に来てほしい。広場に屋根のある東屋《あずまや》みたいなところがあります。その中で会いましょう。私自身の身を守るためにも、話しておきたいことがあるのです。通話は危険なので、そちらからは、私に電話をしないように願います』

「判った」

そこで通話が切れた。

「……今、四ツ木から会いたいと言ってきた。ここに来て急に動きが出始めたな」

「いつ会うんです？」

「今夜の十時だ！　お前どうする？　時間が遅すぎるし……刑事って商売は超ブラックだ

ぞ。残業手当なんかロクにつかないしな。だから、来なくてもいい」

「行きますよ。そう言われてハイ判りました帰りますなんて言えないじゃないですか」

よし、と佐脇は腰を上げて腕時計を見た。

「まだ四時かよ……仕方がない。どこかで時間を潰すか」

夕方五時の口開けと同時に、二人の刑事は島津の経営するシュラスコ屋に入った。

「またですか……これじゃ店、潰れますよ」

島津は弱気な声を出した。

「人聞きの悪いことを言うな。タダ食いしたのはこの前のランチだけで、夜はきちんと払ってるだろ！」

「ツケですけどね」

まあいいじゃねえかと言いながら佐脇は和久井ともどもテーブルに陣取り、テレビをつけろと島津に命じた。

「磯部ひかるは仕事が早い。ネタは鮮度が命とばかりに、大急ぎで編集してニュースで流すだろ。あ、お前はこのあと車の運転があるんだから、酒は飲むな」

「判ってますから」

佐脇は美味《うま》そうにビールを飲み、和久井はウーロン茶でシュラスコを食べた。

「ところで佐脇さん。ここんとこ、ちょくちょくお腹押さえて痛そうにしてますけど、大丈夫なんですか？」

「大丈夫だよ。おれくらいになるとストレスも半端《はんぱ》じゃなくて、胃《い》が痛《て》えんだ」

佐脇はそんなことを言いながら、天井から吊られた大きなテレビのボリュームを上げた。

『増税関係のニュースを終わりまして……次は、疑惑です。鳴海に本社を置き、総理官邸とも極めて近い関係であると伝えられる企業、鳴海エンジニアリングが計画中の新しい事業に、公有地の私物化など、いくつかの疑惑が持ち上がっています。取材したフリージャーナリスト、磯部ひかるさんにお話をうかがいます』

ひかるが紹介され、よろしくお願いします、と双方が頭を下げたあと、説明が始まった。

『磯部さん、鳴海エンジニアリングとは一体、どのような企業なのでしょうか？』

『はい。鳴海エンジニアリングは日本全国の地方自治体の活性化や再開発などの大きなプロジェクトを手がけてきたシンクタンクというか、いわゆるコンサルタント業務を主軸とする会社です。その鳴海エンジニアリングが中心となって、現在、この鳴海市に、独立行政法人として社会学や教育学などの研究機関を創設する計画が進んでいるんですね』

『その計画の、何が問題なのでしょうか？』

『そもそも民間の組織が政府や自治体を動かして、国の予算を使って研究機関を作る計画自体が大変異例なことなんですね。しかもその機関において、いわゆる「特定の考え方に基づく教育方法」を研究する予定であることが、我々の取材により判明したんです』

画面には、小学校に集まってくる大人たちの姿が映し出され、御堂瑠美の特別授業が始まる様子をスマホで撮影した映像に切り替わった。

『「特定の考え方に基づく教育方法」については、これからご覧いただく映像で判りますが……この映像は、鳴海エンジニアリングと地元の青年商工会が共同で実施した、地元小学校での特別授業の様子です。新設の研究所で扱う予定のテーマを、試験的に、実地で子供たちに教えてみた、とされています。その内容は非常に独特で興味深いものでした。特別授業は非公開でしたので、これは参加した方が撮影したものをお借りしました』

ひかるがそう切り出したので、佐脇は小躍《こおど》りした。

「お。始まったぞ」

画面は御堂瑠美の特別授業になった。

画面には、教壇に立った御堂瑠美が黒板に「人類みな兄弟」と板書して、大きくバッテンを付ける様子や、『人類みな兄弟なんて、そんなことはありえない！　って思うんですね』『異邦人がウジャウジャいて、テロなんかして、なかなか仲よくなんか出来ません』『国際社会というものはね、とっても厳しい競争に晒されているんです』『そんな現実を無視した、夢物語みたいな甘っちょろいことを言っていては、日本は世界でやっていけない』といった、ことさらに刺激的な部分が切り取られている。

「ひかるのやつ、やるな」

佐脇は思わずほくそ笑んだ。

そして、これがこのニュースのキモなのだろう、御堂瑠美が授業を受けた小学生にさんざんやり込められてタジタジとなり、絶句して放心状態のまま教壇で立ち尽くしている姿を映し出して、授業の部分の映像が終わり、ひかるがコメントした。

『この特別授業を行ったのは、鳴海市にある私立の蛍雪大学で社会学の講師をしている、御堂瑠美さんという方です。御堂さんにこの授業の趣旨を伺ってみました』

画面は瑠美のアップに変わった。千紗がエロ議員を平手打ちした余韻《よいん》も生々しい、ざわついた打ち上げ会場の一隅《いちぐう》で、少し顔を赤らめた瑠美が答えている。

『はい。生徒さんたちにはかなり突っ込まれましたが、私は逆に安心しました。みんな、小学生なりにニュースを見たり新聞を見たりして社会情勢を知ってるんだなって。一番コワイのは無知と無関心です。今日の生徒さんたちはそれなりに今の世界の状況を知っているし、テレビの受け売りかもしれないけれど、自分の意見を述べてくれました。教える側としては、なかなか頼もしいなあと』

『ですが、先生の主義主張というものは、生徒からは拒絶されたように感じましたが？』

『それは……今まで、この番組のようなニュースでさえ、夢のようなヒューマニズムや、甘いお菓子のような理想論ばかり流しているんですから仕方ないじゃありませんか。親も子供も鵜呑《うの》みにするのは当然です。だからこそ今日の特別授業で、今の国際情勢の実相《じっそう》を、リアルに教える必要があったのだと思っています』

『しかしですね、知らない外国人はテロリストだと思え、というような教育を小学生にするんですか？』

『ですから……そういうまとめ方をされるから、この授業が偏《かたよ》っているというふうに言われてしまうんです……』

酒に酔ったような瑠美の目は赤くなって、涙ぐんでいるようにも見えた。

こりゃちょっとマズいな、と佐脇は思った。

「なんせ男は美人の涙に弱いからなあ……これを見たら瑠美センセイを支持するヤツが、逆に増えちまう。その一方で磯部ひかるはヤな女確定だ。ニクソンみたいなもんだ。聞いた話だが、ケネディとニクソンが争った大統領選挙で、テレビを観たヤツはケネディの若々しくてハンサムなところに惚《ほ》れ込んだそうだが、ラジオを聞いたヤツはニクソンの長い政治経験に裏打ちされた、実際的な喋りを支持したらしい」

美人、それもひかるのような気の強い美人ではなくて、弱々しさをアピールできるタイプは得だよな、などと佐脇が言っているうちに画面はスタジオに戻り、ひかるが〆《シメ》た。

『ご覧のように、この特別授業は非常に問題のあるものでした。さらにその後の独自取材で、この授業後に行われた打ち上げのパーティの席上、とても公金を使ったとは思えない、およそ常識はずれの乱痴気騒ぎが展開したとの情報も入手しました。この件についてもコンプライアンスの観点から、公金の支出の是非《ぜひ》を問わざるを得ません』

「え？　これだけっすか？」

和久井は拍子抜けしたように佐脇に訊いた。

「エロ議員さんのお触りとかが映るんじゃないかと思ったのに。要するに、妙な真似を税金使ってやるなって、それだけ？　思いっきりありがちな話じゃないっすか」

そう言いかけて、テレビに視線を戻した和久井はアレアレと奇声を上げた。

「佐脇さん！　御堂瑠美のネタはマクラだったんです！　本題は、不正な便宜《べんぎ》供与《きょうよ》ですよ！」

そういう間にも画面は次々に変わり、県や市が鳴海エンジニアリングに提供した広大な土地、多額の補助金の認可、税制上の特例、新しい建物への取り付け道路が県道として工事される優遇措置などの実例が、これでもか、とつるべ打ちに映し出されている。

計画中の研究所の予定地と設計図、認可の書類、特例を認める書類、研究所と幹線道路を結ぶ道路の建設予定地などなどの、実際の映像……。

「おいおい。磯部ひかるはこんなことまで調べ上げていたのか？　おれには全然言わなかったぜ！」

鳴海港に面した広大な空き地の映像を見ながら佐脇は驚いていた。

「こうなると、今晩会う四ツ木の話が非常に期待出来るな……四ツ木は県有地を管理する県の管財課の課長だ。つまりこの県と、倉橋との間の実務の窓口だったんだ。具体的な数字のやり取りをしたり要求を受けたり却下《きやっか》したり上に相談したり命令されたり、一番揉まれて、みっちりやってたはずなんだ」

だからあいつは全部知ってる、と言い、佐脇はグラスを置いた。

「サウナに行くぞ！」

「はぁっ？」

意味不明なことを言う佐脇に、和久井はついていけない。

「でも、酒飲んだあとのサウナは危険っすよ。血液が内臓に回らなくなって、アルコールの分解が遅れるってテレビで」

「うるさい！　四ツ木は極めて重要な人物だ。そんな人物に会うのに、酒臭いのはいかん。サウナで汗を流して酒を抜く！　お前も来い！　身を清めて、四ツ木の話を遺漏《いろう》なく、キッチリ聞くんだ！」

時間がないぞ！　おれが倒れたらそこまでだ！　と急《せ》かされて、和久井は席を立った。

シュラスコ屋の勘定《かんじよう》は、今日もツケだった。

近くのサウナで汗を流し、幸い倒れることもなく身を清めた二人は、約束の二十二時より三十分早く、落ち合う場所の「市民の森」に向かった。

鳴海市郊外の廃業したゴルフ場を整備した公園で、バンカーを埋めて作られた場所が「中央広場」だ。昼間ならバーベキューが出来る設備があるが、それも夜七時まで。公園自体は二十四時間入れるが、夜八時には従業員も清掃要員も帰ってしまって、朝まで無人になる。

駐車場から遊歩道を少し歩くと、四ツ木が電話で言った通りの東屋がある。この小さな建物を囲むように水銀灯《すいぎんとう》がついているから、この辺りはかなり明るい。

「夏に来ると、明るい分、虫が集まって大変なんだ。ホテル代を浮かそうと思ってここでおねえちゃんをハダカに剝《む》いて重なったら虫が集まってきて、おねえちゃんが泣き叫んで逃げられちまったことが何度かある」

佐脇は東屋に腰をおろしながら言った。

公園によくある東屋は、普通は柱と屋根だけのスカスカなモノだが、ここはコンクリート製で、入り口以外は壁という倉庫のような造りだ。

しばらく待って、約束の午後十時になった。

しかし、四ツ木は現れない。

二人は黙って待った。

三十分過ぎても、四ツ木は現れない。

十一時になっても、姿を見せないし、電話も入らない。

「……いつまで待ちますか？」

「お前、帰っていいぞ、その代わり、車は置いていけ」

和久井の退屈ぶりを見て、佐脇は答えた。

「そういやお前、彼女はいないのか？　いるんだったら夜の時間は大事だよな。おれみたいなのについてると、彼女を構ってやれなくてフラれるぞ。遠慮するな。行け」

そう言われても、ここはちょっとした山の中だ。歩いて帰ると夜が明けてしまうだろう。

「……佐脇さんと一緒にいます」

「そうなの？　おれは見習い時代は結構サボったけどな」

「自分が聞いた話は違いますね。佐脇さんの若い頃は『ド』が付くほどの真面目《まじめ》っぷりで、相棒のベテラン刑事が音《ね》を上げたとか上げなかったとか」

「どっちなんだ？　まあいいや。こうやって待つのも刑事の仕事だ」

はい、と和久井は素直に従った。

日付が変わり、午前零時になった。

「こっちから連絡するなと言われたが……電話を入れてみるか」

佐脇は四ツ木に電話を入れたが、相手の携帯電話には電源が入っていないらしく、繋がらない。

一応、一時まで待ってみたが、四ツ木が現れる気配はいっこうになかった。

「気が変わって、黙って首をすくめていることを選んだか。あるいは誰かに監禁されて行動の自由を奪われているのか、それとも……」

そこまで言った佐脇は、和久井の返答も聞かず、もう一件、電話をした。

「ああ、おれだ。佐脇だ。なにか変わったことはないか?」

鳴海署に照会の電話を入れた佐脇の顔色が変わった。

和久井が思わず「佐脇さん。大丈夫ですか!」と声をかけたほどの衝撃が、佐脇の表情には表れていた。

「……そうか。判った。すまんな」

暗い声で通話を切った佐脇は、和久井を見据えた。

「四ツ木が死体で見つかった。港だ。遺体の状況から見て自殺らしい。艫綱《ともづな》をかけるボラードに縄をかけて海に飛び込んだと。司法解剖《かいぼう》に回される予定だそうだ」

「自殺ですって!」

和久井は立ち上がって目を剝いた。

「本当に自殺ですか⁉　おかしいじゃないっすか。おれらに会って話す約束をしてたんすよ？　もしかして……誰かに口封じされたんじゃ？」

「それもあるから司法解剖に回るんだ。ウチは予算がないから極力、司法解剖は避けるんだがな」

行くぞ、と佐脇は足早に車に向かった。


鳴海署の管内で起きた変死体の司法解剖は、国見病院が一手に引き受けている。

二人は国見病院に舞い戻った。

遺体安置所には制服警官や一係の刑事の他に、光田もいた。

「おい刑事課長！　どうなってるんだ！」

佐脇は光田に詰め寄った。

「佐脇。お前、四ツ木さんの携帯に電話してるよな？」

「ああ、つい先ほどの二十四時というか午前零時にな。会う約束をしてたのに、四ツ木さんは現れなかった。死亡推定時刻は？」

「日付が変わる前……昨日の二十二時ごろだ。発見されたのはついさっき、お前が署に問い合わせの電話をしてきた、ほんの少し前だ」

「二十二時って、まさにおれたちと会う約束の時間じゃねえか……仏さんに会えるか？」

光田が頷いたので、佐脇と和久井は安置室に入った。

佐脇が遺体に手を合わせるので和久井もそれに倣《なら》った。

掛けられた白布を捲ると、全裸の四ツ木が現れた。

その首には、確かに索状痕《さくじようこん》がハッキリと残っている。

「なるほどな……しかし」

それ以上口にすることはせず、白布を元に戻すと、二人は安置室を出た。

「殴られたり抵抗した痕跡《こんせき》は？」

「ないな」

光田は首を振った。

「そうか。説得されたり因果《いんが》を含められたりしても、その痕跡は残らないからなあ」

「佐脇、お前、何を考えてる？」

「他殺の線だよ。遺書は？」

「現場にはなかった」

「どこか他の場所で乱暴されたりした痕跡は？　衣服に残ってるんじゃないか？」

「おいおい佐脇」

光田は苦い顔をした。

「おれたちだって阿呆《あほ》じゃない。お前が言うようなことは全部判ってる。衣服は全部県警の科捜研《かそうけん》に送った。見たところ、まったくそういう痕跡はなかったがな」

そう話しているところに、刑事に案内されて、憔悴《しょうすい》した三十代の女性がやってきた。見ようによっては二十代半ばくらいにも思える。血の気が引いて急激に憔《やつ》れた感じが、その美貌をいっそう際立たせているように見えた。

「四ツ木さんの奥さんだ」

光田に耳打ちされて、佐脇は驚いた。この状況であれば、この美女は四ツ木の親族以外に考えられないのではあるが。

光田や佐脇たちは何も言えず、その女性に黙礼した。

慌ただしく家を出てきた様子がハッキリ判る、普段着のままの女性が安置室に入った。

ドアが閉まった瞬間、中から号泣が聞こえてきた。

「あなたーっ！」

痛々しい慟哭《どうこく》に、和久井は顔を強ばらせてドアの前から後ずさりした。

「これは、きたぞ……かなり強烈なのが……」

佐脇は、誰にともなく呟いた。

＊

四ツ木の葬儀は、司法解剖と四ツ木の自宅の捜索、そしてお通夜《つや》を経て、遺体が発見された深夜から数えて翌々日に、地元の葬祭場で午前十一時から行われた。

亡くなり方が尋常《じんじょう》ではないので、事情を慮《おもんばか》ってか、会葬者は多くはない。

司法解剖の結果は、他殺の可能性はほとんどないとのことだった。首を絞められた際に抵抗すれば、その痕跡は「吉川線《よしかわせん》」として遺体に残るがそれもないし、他の防御創《ぼうぎょそう》も一切なく、結論としては「自縊死《じいし》」以外の可能性を認めることは出来なかった。

葬祭場の外には多数の報道陣が集まっていた。テレビ各局と新聞社、雑誌関係の取材陣が脚立《きやたつ》を並べて中の様子を窺い、出入りする人にカメラを向けマイクを突き出している。質問のほとんどが「鳴海疑惑」、そしてひかるの報道以来「多津江案件」という名称になってしまった県知事夫人肝いりのプロジェクトと、四ツ木の関わりについてだ。

だが磯部ひかるは、メディアスクラムのように見える一団の中にはいない。会葬者として場内にいるのだ。

佐脇も会葬者として場内にいるが、ほかの会葬者の顔ぶれが気になるため、駐車場とロビーを行ったり来たりしている。それに和久井も同行している。若い和久井は急なことで喪服を買えず、ダークスーツに黒の腕章を巻いている。

「聞いた瞬間は、おれに会いたくないから自殺したんじゃないか、おれが追い詰めてしまったんじゃないかと、咄嗟に自分を責めたんだが……今は違うな。おれと会う約束をしてたんだから、逆に自分で死を選ぶはずがない、と思ってる」

そう言う佐脇に、和久井も、黙って頷いた。

「やっぱり、誰かに殺されたんじゃないかという線が棄てきれない……この二日間、ずっと考えていたが、結論は変わらない」

葬儀には、四ツ木の親族さえ、あまり来ていないようだ。用意された席がかなり空いている。

そこに、控え室から未亡人の恵利子《えりこ》が現れた。遺体安置所で初めて見た時は急なことで、かなり取り乱した姿だったが、今は和装の正喪服に身を包んでいる。黒無地染め抜き五つ紋付の着物に黒の一越縮緬《ひとこしちりめん》。半襟と足袋《たび》の白さが強烈に目に沁《し》みる。

喪服姿の女性は美しい。とりわけ恵利子未亡人は、今までに見てきたどの未亡人より美しく、佐脇は年甲斐《としがい》もなくドギマギしてしまうほどだった。

が、しかし。恵利子未亡人は四ツ木の親族、特に四ツ木の両親との関係があまり良好ではないことが、すぐに判ってしまった。

まだ葬儀が始まるまで時間がある。

喪服姿の親族たちは、会場前の受付に自然と集まっていた。

そこで、四ツ木の母親が未亡人を詰《なじ》っているところを見てしまったのだ。

「恵利子さん。あなたのような女と一緒にさえならなければ、あの子はこんなことには……あの子を返して！　返して頂戴」

　未亡人は俯いて唇を嚙み、黙って非難に耐えている。

「あなたは、あの子が一番つらい時に支えるどころか、別居して知らん顔してたんですからね！　この人でなし！　鬼嫁！　妻として最低じゃないのっ！」

　泣きながら嫁を糾弾《きゅうだん》している四ツ木の母親も、ひとことも言い返さず黙って耐えている恵利子も、どちらも気の毒と言うしかない。

「それにその格好は何？　ずいぶんと贅沢《ぜいたく》な喪服なのね？　まるで……まるで、あの子が死ぬのを待っていたみたいじゃないの！」

　どう見ても無理筋の糾弾だが、母親も悲しみのあまり理性を失っているのだろう。

「そんなつもりは……私は、せめてあの人を、できるだけのことをして見送ってあげたくて……生きている時にできなかった分まで」

　黙って耐えていた恵利子も泣き崩れた。

　その時、葬祭場の入り口のあたりが騒がしくなった。

　黒いメルセデスが車回しにゆっくりと入ってきて、葬儀社の人間が、分厚いドアをうやうやしい仕草で開けた。降り立ったのは県知事夫人・多津江だった。

　黒いドレス姿の夫人のそばには「お付き」の役人が三人、付き従っている。

「県知事の奥さんだ」「多津江夫人だ」というざわめきが一気に会場内に広がり、手伝いに来ていた四ツ木の同僚たちも色めきたった。何と言っても多津江夫人は、彼らの最高位の上司の妻なのだ。昔で言えば殿の奥方様だ。

「多津江夫人、こちらへどうぞ」

「わざわざお運びいただき、ありがとうございます」

四ツ木の両親も恐縮し、平身低頭した。

「うちの息子の葬儀に、県知事の奥様のご臨席を賜《たまわ》るとは……恐縮です、感謝の言葉もございません」

喪服姿の父親が感激して頭を下げる。その様子は王侯貴族に拝謁《はいえつ》する臣下《しんか》のようだ。

父親は四ツ木に似て、いかにも実直そうなタイプだった。鶴のように痩せ、長く仕舞っておいたらしい喪服からは防虫剤の匂いがしている。

多津江夫人は派手な身振りと、大袈裟《おおげさ》な抑揚《よくよう》のついた口調で悔やみを述べた。

「このたびは……本当に残念なことで……四ツ木さんは私と私の主人のために、身を粉《こ》にして働いてくださったのに。きっと、働き過ぎだったのでしょうね。県庁の労働環境には今以上に留意しなければならないって、主人ともそれを話し合っているんですのよ」

末端の職員の死にまで心を配る、私は良い人……。

そんな自己陶酔《とうすい》の雰囲気を遠慮会釈もなく振りまく多津江夫人に、佐脇は胸糞《むなくそ》が悪い。

「なあ、ムカムカしねえか？　おれは吐きそうだぜ」

横にいる和久井に囁いたが、それ以上のことは、ここが葬儀の席であることをさすがに弁《わきま》えて黙っている。

だがそこで、意外なことが起きた。

未亡人の口から、トゲのある言葉が出たのだ。

「ご主人と……県知事と話し合っているですって？　よくもまあそんなことが。ウチの主人を自殺に追い込んで……いえ、死に追いやっておきながら、一体、どの口でそんなことをおっしゃれるんです？」

黙っていられなくなって声を上げた、という気持ちが痛いほど伝わってきた。

それまで大人しく耐える女としか見えなかった未亡人の突然の爆発に、周囲は驚き、彼女を制止しようとした。

「ちょっと、何を言うんだ恵利子さん。恵利子さん！」

「そうですよ恵利子さん。県知事夫人様に、なんてことを言うんですか！」

四ツ木の両親も元同僚たちも泡を食って、恵利子の口を封じようとした。

「奥さん、お気持ちは判りますが、なんといっても県知事の奥さんがいらしてくださったんです。ここはどうかお静かに、何卒《なにとぞ》お静かに」

「いいえ、黙りません！」

恵利子未亡人は叫んだ。

「私が何も知らないとでも思っているんですか？　私、全部、知っています。亡くなる前の日に、主人が全部、電話で打ち明けてくれたんですからっ！」

どよめきが広がった。

会葬者の中には激しい動揺の表情を隠せない人物も数人いる。その中には四ツ木の直接の上司、経営戦略部の部長もいることに佐脇は気づいた。経営戦略部長といえば県庁の大幹部で、偉い分だけ佐脇のネタになることも多く、佐脇としてはかなり貸しを作っている。

「ここに主人の遺書があります」

恵利子未亡人は、和装の喪服の胸元から白い封書を取り出して、高く掲《かか》げてみせた。

「なぜ主人が死んだのか、死ななければならなかったのか、その事情はここに全部書いてあるんです！」

小さな悲鳴と大きなどよめきが衝撃波のように広がっていく。

「主人が死んだのは、多津江夫人。全部、あなたのせいです！」

恵利子は、県知事夫人を指さして糾弾した。

「あなたが県政に口を出して、しゃしゃり出て、ちやほやされようとするから……そういうあなたのくだらない承認欲求のために、あの人は死ななければならなくなったんです！　主人を殺したのはあなたです」

「そりゃ、そうだよな。殺し屋が名前や雇い主を口にするはずがねえや。だがな、だいたい察しはつく。お前が余計なことをするから雇い主への疑惑はますます濃くなって、今じゃ真っ黒だ」

佐脇を殺そうとした男は、ロープを持つ手を下ろした……と見せかけて、いきなり襲ってきた。ロープを持つ腕が目にもとまらぬ速さでさっと動き、輪になった先端部が髪の毛をかすめた。佐脇が反射的に屈まなければ、首が絞まっていただろう。

逃れた佐脇は素早く前に出て、相手のみぞおちめがけて前蹴りを繰り出した。

だが相手は蹴りをかわし、体勢を立て直した。ロープを左手にまとめて持ち、自由になった右手でポケットからスタンガンを取りだした。

「おい。お前馬鹿だろ。よく考えろ。刑事の死体が見つかったら、警察は一般人より念入《い》りに調べるんだぜ。たとえそれがおれでもな。スタンガンだって電撃の痕は残るし、ロープの痕も残る。おれの死体に同じロープの痕があれば、四ツ木も自殺じゃないことがバレるぜ。それでもおれを殺《や》るか？」

殺し屋が一歩前に出たので、佐脇は地面を蹴って踵《きびす》を返し、一気に走り出した。

だが相手は追ってくる。なおもロープを両手に持って、あくまでも絞め殺すつもりだ。

「そりゃそうだよな。刃物じゃ傷がつくし、ハジキは音がするし弾も残る……撲殺《ぼくさつ》して事故を装うか？　それとも毒でも盛るか？」

佐脇は相手を挑発《ちょうはつ》しながら逃げた。走りながら、逆襲出来そうな場所か武器になるものを探したのだが、何も見つからない。

「なぜおれを殺そうと思った？　そもそもおれには自殺する理由なんかないぞ。でっち上げようったって、おれほど自殺と縁遠い人間はいねえってのに」

佐脇の体力が尽きかけ、スピードが落ちたところで殺し屋が猛然とタックルしてきた。前のめりに倒れ込んだ佐脇に男は馬乗りになり、髪の毛を掴むと道路に顔面をガンガンと打ち付けた。とりあえず佐脇を弱らせようとしているらしい。

なかなか弱らないのに業を煮やしたのか、佐脇の顔にコンビニのレジ袋を被せた上に、素手で首を絞めてきた。

もはや自殺に偽装しようという気すらなくなったらしい。証拠を残さない配慮すら捨てて、佐脇を殺そうとしているのだ。

殺し屋の指が、思いがけず強い力で首に食い込む。

息が出来ない！　こめかみの血管が膨らんで、視界に星のような光が炸裂する。

さすがに、これは死ぬ！

佐脇は腹筋を振り絞り渾身の力を込めて一気に上体を起こすと、その勢いで、相手に頭突きを食らわせた。

一瞬、殺し屋の手が緩んだ。その隙を捉えて佐脇は男の手を逃れ、逆に男の顔に拳をめり込ませた。

さすがに相手が怯んだ瞬間、襟首を摑んで組み伏せると、さっきの逆に男の髪の毛を鷲摑みにして頭を道路にガンガンと叩きつけた。

「言え！　お前の雇い主は誰だ！」

「い……今おれを殺すと、何も判らなくなるぜ？」

後頭部から血を流しながら、殺し屋はうそぶいた。

「まあ、おれが誰だか、どう調べても判らないと思うが」

佐脇は、相手の首に手を掛けて、じわじわと絞めはじめた。

「言え！　白状しろ！　誰の差し金だ？　誰に雇われた？」

すると、男は口を開けて、舌を嚙み切ろうとした。

反射的に佐脇は男の口の中に手を突っ込んだ。

「バカ野郎！　舌を嚙み切るなんざ、そう簡単に出来るもんじゃねえ！」

男は、口に差し込まれた佐脇の指に嚙みついた。嚙み切ろうという勢いで力を込めてきたので、佐脇は男の顎《あご》を摑み、ふたたびその後頭部を道路に叩きつけた。

「雇い主に言え！　おれを殺して自殺に見せかけようとするなら、もっと慎重かつ巧妙に作戦を練れとな！」

怒った勢いにまかせて叫びつつ、佐脇は自分で気がついた。

「お前、勘違いしてやがるな? おれは、タダの欲張りオヤジだ。カネが欲しいから動いてるだけであって、『真相究明』なんてものには興味はねえ。真相を究明したって給料は上がらねえしな」

気がつくと佐脇の指を噛む力が消えている。男は完全に動かなくなっていた。

慌てて頸動脈《けいどうみやく》に指を当てると……まだ死んではいない。

佐脇は、舌打ちをしつつ痛む指でスマホを操作して、救急車を呼んだ。

二人を包む港の暗闇には潮の香りがあり、岸壁を叩く、波の音だけが響いていた。やがて、遠くから救急車の電子サイレンの音が近づいてきた。

第五章　悪漢刑事《わるデカ》の遺言

病室のベッドで、男の目がゆっくりと開いた。

顔には酸素マスク、全身にチューブが繋がった寝たきり状態で、身動きができない。

それでも、身体をモゾモゾさせていると、看護師が様子を見にやってきた。

「あっ」

目を開けて何か話したそうにしている男を見て、看護師はモニターのバイタルを目で追うと個室を走り出て、医師を連れてきた。

「谷口さん！」

その呼びかけに、患者の谷口は頷いた。

「谷口さん、判りますか？　ここがどこだか判りますか？　名前言えますか？」

「そんな……いっぺんに訊かれても……」

谷口は起き上がろうとしたが医師に止められた。

「急に動かないで……ゆっくりやりましょう」

医師は看護師に命じた。

「谷口さんの意識が回復した。関係各所に知らせて」

＊

谷口が意識を取り戻したとの一報を受けて、関係者が病院に集まった。佐脇と和久井、そして倉橋、四ツ木未亡人の恵利子、そして多津江夫人。それぞれマナジリを決した表情でベッド上の谷口を見つめている。

四ツ木未亡人は佐脇が強硬《きようこう》に要望した結果、入室を許されたが、谷口の親族は倉橋の意向もあって、同席を許されていない。

谷口は、酸素マスクを外し、身体中についていたチューブの数も大幅に減った状態で、ベッドの上で上半身を起こしている。

御堂瑠美もやってきたが「関係者だけで」という理由で個室に入れて貰えずに、同じく個室を追い出された谷口の妻に慰められている。

「谷口さんは意識を回復したばかりです。まだ脳の精密検査をしていませんので、いきなり込み入った話をするのはくれぐれもやめてくださいね」

担当医師が一同に釘《くぎ》を刺した。

「そもそも病院側としては谷口さんの意識が回復したことだけをお知らせしたつもりです」

「あ、もちろん先生のおっしゃることは判っております。ただ、警察としては、谷口さんの意識が回復したと知った以上、駆けつけないわけにはいきません」

佐脇は和久井の首根っこを掴んだ。

「谷口さんを事故らせたコイツがすべての元凶ですから。こら、谷口さんにきちんと謝れ！」

そう言った佐脇は、顔面にかなりの傷を負っていて、青痣《あおあざ》の上に救急絆創膏を貼って済ませている。

「さっきから気になっているのだが……その傷、どうしたんです？」

そう訊ねた倉橋を、佐脇は冷たい目で見た。

「ま、いろいろありましてね。それはともかく、和久井！」

促された和久井は、谷口に向かって「申し訳ありませんでした！」と深々と頭を下げた。

「で？　あなた方は？」

佐脇は倉橋を見た。

「私は……谷口の上司として、心配だから当然駆けつけるでしょう」

警察としては、谷口が一服盛られて意識が混濁した結果、運転を誤って事故を起こしたと断定している。警察庁科学警察研究所の詳細な分析では、谷口の体内からベンゾジアゼピン系の睡眠薬エチゾラムが検出されたという結果が出ている。

エチゾラムは、神経細胞の活動を抑制《よくせい》する働きがある脳内物質・GABA《ギャバ》の作用を増強させる薬剤だ。筋弛緩《きんしかん》作用やせん妄《もう》状態を惹《ひ》き起こす危険が指摘されており、特に、交通事故を起こした人から検出される率が高いという報告がある。

谷口の血液を分析した結果は公表されていない。しかし警察内部のルートを通じて倉橋はおそらく知っているだろうと佐脇は思った。

「上司として心配？　いやまあ立派なお心がけです」

佐脇はことさらに大声で褒め、そのあとで小さく、「きちんと口を封じられたかどうか、心配な人間もいるかもしれないがな」と付け加えた。

怒りを抑えて倉橋は言った。

「ところで、どうしてここに四ツ木未亡人がいるんです？」

「じゃあ、多津江夫人がいる訳はどうなんです？」

即座に佐脇が反論する。

「いや、広い意味での関係者ということで……では痛み分けですね」

そう答えて誤魔化す倉橋に、和久井が「ワケ判んねえ……」と呟いた。

「では、短時間でお願いしますよ」

医師が先を促した。

全員が、谷口を凝視《ぎょうし》した。

谷口がナニを言うか。それぞれの思惑が籠もった視線だ。

みんながお互いを牽制《けんせい》して誰も口火を切らない。

その様子を見て、佐脇が口を開いた。

「では、鳴海署刑事課の司法警察官として、不肖《ふしょう》ワタクシ、佐脇巡査長が伺います。あなたは谷口保彦さんですね？　鳴海エンジニアリング常務取締役の谷口さん？」

そう聞かれた谷口は、はっきりと頷いた。

「では……まず、谷口さんが起こした事故について伺います。ここにいる和久井巡査が、谷口さんの運転する車がいわゆる暴走行為を重ねていたのを発見し、停車を求めたところ、あなたはその指示に従わず、なおも暴走行為を続けたので、和久井巡査が追跡したのですが……その際、谷口さん、あなたはどういう状態でしたか？」

「……」

谷口は何も答えない。

「不都合がある質問には答えなくて結構ですが、出来ればお話しいただければ助かります。あなたは事故当日、車を運転する直前に、なにか薬剤を飲みましたか？」

倉橋が異議を申し立てた。

「それは誘導尋問《じんもん》ですか？ 佐脇さんはナニを喋らせようとしてるんです？」

倉橋はそう言って、思わず周囲の反応を見た。

「もし何かを飲んでいたとしてもですね、谷口は多忙を極めていて、その疲れが出たのでしょう」

「それもあるとは思いますが……」

佐脇は間をおいた。

「実は、事故の後、病院で、谷口さんの血液や胃の内容物について検査をさせていただきまして、その結果が出ているのですが」

「だったら警察は分析結果を持ってるんでしょう？ 知ってるんならどうして本人に訊くんです？」

倉橋は苛《いら》ついた口調で言った。

「我々は、殺人犯にも『あなたが殺しましたね？』と訊くし、窃盗犯にも『あなたが盗んだんですね？』と訊きます。結果を知っていても訊く。これには確認の意味もあるんです」

「……承知した」

倉橋はしぶしぶという口調で折れた。

「で、谷口さん。あなたは車に乗る前に、何か口にしましたか？　常務という要職にあるあなたなのに、お付きの運転手を使うとか、ハイヤーを呼ぶというようなことをしなかったのはなぜですか？」

「それも誘導尋問だ！」

法廷での弁護士のように、倉橋がまた口を挟んだ。

「おや、倉橋社長。私がなんの誘導尋問をしようとしてるって言うんです？」

「警察は、谷口に危険運転を認めさせようとしてるんでしょう？」

「違います。谷口さんは危険運転と見なされる運転をしたのは事実ですが、それが谷口さんの責任ではないことは明白になっています」

「ほう？」

倉橋が異論を挟みたい素振《そぶ》りを見せた。

「みなさん。短時間でお願いしますよ」

医師から再度、警告が出た。

「ではもう、ハッキリ言ってしまいましょう。谷口さんの体内からは、アルコールは検出されませんでした。その代わり、ベンゾジアゼピン系の睡眠薬エチゾラムが出てきました。つまり谷口さんは睡眠薬を服用した状態でハンドルを握ったのです。谷口さん、ご自分で睡眠薬を飲んだ覚えはありますか？」

「そんな君、まさかそんな」

倉橋がひどく驚いた素振りを見せた。それが芝居なのかどうかは判らない。

「谷口さんが自らの意思で睡眠薬を飲んで車の運転をしたのなら、文字通り自殺行為です。首を吊ったり頸動脈《けいどうみやく》を切ったり飛び降りたりという積極的自殺をする勇気がないので、交通事故で死のうという消極的自殺かもしれません。その場合の動機は、谷口さんに訊くしかありません」

そう言って佐脇は谷口を注視した。谷口の表情は乏《とぼ》しいままで、変わらない。

「もう一つの可能性は、誰かに睡眠薬を飲まされたというものです。これはもう、事故によって谷口さんを死に追いやる行為以外の何ものでもない。明らかに殺人です。睡眠薬を飲ませた行為には死亡事故となるかもしれないという認識があった、つまり『未必《みひつ》の故意《こい》』があったと推定される以上、飲ませた人物には殺人罪が適用されます。その場合、推定される動機は、おそらく口封じでしょう」

「……な、なにを……何を言ってる」

倉橋は明らかに狼狽《ろうばい》している。

「谷口さんが自殺しようとしていた理由、もしくはクスリを盛られて口封じをされそうになった理由は……おそらく同一のものでしょう。しかし、ここから先は、谷口さんの口から聞きたい」

佐脇は、谷口に話を振った。

「……私は……」

一同はしばらく待ったが、谷口は言葉を選んでいるのか、その先が口から出ない。佐脇は仕方なく質問を続けた。

「谷口さん。あなたは鳴海エンジニアリングでは表向きは営業、実際には交渉相手とのさまざまな調整という、極めて重要な仕事を一手に担《にな》っていたそうですね？　日本全国の自治体の要人と会ってプロジェクトの提案や調整、推進、売り込みを実行していた。逆に自治体側からの強い要請を受けて動くこともあり……つまり大変責任があり、かつ重要な業務に従事していたと承《うけたまわ》っていますが……」

「君、それだとまるで、なんだかウチの谷口がうしろ暗いことをしているようじゃないか！」

倉橋が佐脇を糾弾《きゅうだん》する。

「君は谷口にナニを言わせたいんだ？」

「私は、事実を並べただけです。ここからは谷口さんのお話を、谷口さんの言葉で伺いたいんです」

一同は再び沈黙して、谷口の言葉を待った。

「……私は」

ようやく、谷口は口を開いた。

「私は……すまない。何も覚えていないんだ」

え？　と一同に衝撃が広がった。

「何も覚えておらんのです」

「覚えていない、というのは、口にするのが憚《はばか》られる事柄だから、方便《ほうべん》として忘れたことにしているという意味ですか？」

踏み込んで尋ねる佐脇に、倉橋が怒りを露《あら》わにした。

「君。谷口は忘れたと言ってるんだ。それ以上訊く意味はなかろう？」

「……いや、私は……」

谷口は必死で何かを訴えようとしている。だが。

「私は、本当に、何も覚えておらんのです。申し訳ないが……」

「あなたは谷口保彦さんですよね？」

もう一度、最初からやり直すことにした佐脇は、人定《じんてい》質問をするように訊いた。

「そうですが」

「鳴海エンジニアリング常務の？」

「はい」

「ここに、谷口さんの上司である社長はいますか？」

谷口はゆっくりと腕を持ち上げると、倉橋を指差した。

「では、谷口さんは会社でどんな仕事をしていましたか？」

「……それは……」

思い出そうとした谷口は目を閉じて天を仰いだ。

「それが、思い出せない……判らない」

「あの、私を覚えてませんか？」

恵利子未亡人が身を乗り出した。

「お仕事の関係で、主人の四ツ木と一緒になんどかお食事を……ウチにお見えになったこともありましたが」

谷口は恵利子をしばらくじっと見て、なにか口を動かそうとしたが、諦めたように首を振った。

「申し訳ありません……思い出せない」

「それじゃ、私のことは？　覚えていらっしゃる？」

今度は多津江夫人が身を乗り出した。

「ほら、研究所の誘致をお願いしましたでしょ？　県からも、私の顔で補助金を下ろすという……」

多津江夫人はそこまで言って、あっと呟いて口を閉じた。

「すみません。どちらさんでしょうか?」

谷口はそう言うと、申し訳なさそうに俯《うつむ》いてしまった。

和久井も立ち上がり、自分が追い詰めて事故らせた谷口に訊いた。

「谷口さん、じゃあ、あの、自分のことは? 自分はあの事故の時、谷口さんを事故車から引っ張り出して……」

救助したことは説明したが、しかしそのあと、路上に倒れた谷口を足で蹴ったことは言わなかった。

「いや……申し訳ないですが……全然」

谷口が言い終わるのを待たずに、医師がドクターストップをかけた。

「今日はこの辺で。谷口さんは事故で頭を打っています。事故のショックもある。恐らくは部分的な記憶の欠落、記憶喪失を起こしていると思われます。逆行性健忘《けんぼう》ですね」

「それは回復しますか? 時間が経てば……」

倉橋が真剣な口調で訊いた。

「それはなんとも申し上げられません。個人差が大きいので。突然記憶が戻るケースもあるし、戻らないままというケースもあります」

「こういう場合、いつも思うんだけど、記憶が喪失しているのに、どうして日本語が判るし自分の名前は判るんだ?」

「言葉が喋れなくなる場合もありますし、自分の名前すら覚えていないケースもありますよ。脳が打撃を受けた場所の細かな違いで、本当に症状が千差万別《せんさばんべつ》なんです。それが記憶喪失という症状なのです」

医師が諭《さと》すように佐脇に言った。

「じゃあ、谷口には何を訊いても無駄だってことになるな」

嬉しさを隠せない様子で倉橋が口走り、和久井もつい余計なことを言った。

「それはつまり、口封じがうまく行ったっていう？」

「君、今何を言った？」

聞きとがめた倉橋が和久井に食ってかかった。

「誰がなんのために谷口の口封じをしたというんだ？　え？」

「いや、それは……その」

判断出来ない和久井は、佐脇をチラチラと見た。

場を収めるべきか、ここは爆弾を放り込むべきか。

佐脇が迷った時、恵利子がいきなりパイプ椅子から立ち上がった。

「私は全部知っています。主人は亡くなる前に全部、私に話していたんです」

彼女がキッパリと言い放つと、それを待っていたかのように佐脇がスーツの胸ポケットから封書を取り出した。

「その通り。そしてこれが、四ツ木さんの遺書だ」

倉橋が封筒をひったくり、引き裂く勢いで中身を取り出すと、焦って目を通し始めた。

読むうちに倉橋は青ざめて、額にはみるみる脂汗が滲んだ。

「なんだこれは……」

「だから、遺書です」

佐脇は平然と答えた。

「ありえない。そんな筈はないんだ。こんなのウソッパチだ！　デッチアゲだ！　デタラメだ！」

倉橋は激昂《げっこう》し始めた。

「いいえ。それは主人が書いた、遺書です」

恵利子未亡人は決然と答えた。

「主人の字に、間違いありません」

「そんなもの、なんの証拠にもならない」

わなわなと震えながら倉橋は言った。

「いいえ。結婚以来私は十何年も、ずっと主人の字を見てきたんですよ。倉橋さん、あなたに何が判るんです？　主人がパソコンで作った書類しか、見たことがないんじゃないですか？」

「そっそんなことはない！　手書きのものもありましたよ」

倉橋は必死に動揺を押し隠しながら言った。

「それで、肝心の内容は？　何が書いてあるんですか？」

佐脇が訊いた。

「内容は？」

和久井も訊いた。

「それは」

顔色がどす黒くなった倉橋が言い淀《よど》むと、代わりに恵利子未亡人が口を開いた。

「遺書にはこう書いてあるはずです。……私は、鳴海エンジニアリングの谷口氏、および県庁の直属の上司から強い要請を受けて、心ならずも書類を作成し、そのあと問題の発覚を恐れて、公有地譲渡に関する書類を、県知事夫人に累《るい》が及ばないようにする内容に書き換えたと。違いますか？　主人は谷口さん、あなたから改竄《かいざん》について詳細な指示を受けたそうですね。こういう仕事は本当にやりたくなかったと、最後の電話で主人は言っていました。徹夜続きの仕事を強《し》いられ、公務員としての良識に反することを強要されて、苦悩する日々だった、と」

一同の視線は、ベッドの上の谷口に集まった。

しかしその谷口は、ボンヤリしたまま焦点の定まらない目で中空を見つめるだけだ。

「みなさん……いい加減に谷口さんを休ませてください」

医師がストップをかけたが、それではこの場は収まらない。

「判りました。ベッドの傍じゃ悪いから……別室に移って話を続けよう」

倉橋が提案して、全員が病室内の、応接セットがある別室に移動することになった。国見病院で一番いい個室だけに、ホテルのスイートルームのような造りになっている。そこに応接用の三点セットが置かれているのだ。

谷口の容態《ようだい》を見守るという医師と看護師を残して、残りの「関係者」全員が別室に移り、境の扉が閉じられた。

と、その応接セットには、御堂瑠美が座っていた。

「お前、どうしてここに！」

「谷口さんの奥さんは諦めて帰っちゃったけど、私は諦めなかった。そういうことです」

瑠美は澄まして言った。

「訳の判らんことを言うな。完全に部外者のあんたが混じるとややこしくなる。出ていってくれ！」

「イヤです。経済学にも詳しい、私の知識が必要となる局面が来ると思いますけど」

「まあまあ静かにしましょうよ。病室で揉めるのはマズいと思いますので……」

和久井が割って入ったので、瑠美はなんとなく病室に居座ることになった。

「倉橋社長。あんたに今渡した遺書には、さっき未亡人が言ったことは書かれてますか？」

佐脇が確認するように訊くと、倉橋は強ばった表情で、頷いた。

「書いてある……書いてあるが……ウソだ、こんなモノ。こんな遺書があるはずがない！」

「あるはずがないと言うのは、どういう意味ですかな？」

佐脇はすかさず突っ込むとともに言葉を続けた。

「そもそも四ツ木さんには自殺する気配が全然なかった。第一に、自殺する数時間前に別居していた奥さんに電話をかけ、すべてを打ち明けると言った。そうでしたね、奥さん？」

「ええ。佐脇さんの言うとおりです。ようやく決心がついた、何もかも話す、君にも迷惑をかけたが、やり直したい、そういう意味のことを主人は……言ったんです」

「そして四ツ木さんはおれにも電話をかけてきて、自分の身を守るためにも話しておきたいことがあると言った。腹を決めた以上は、板挟みになって死ぬはずがないんだ」

「つまり……四ツ木さんは自殺ではないと君らは言いたいんだな？」

倉橋が鋭い目で佐脇と恵利子を見た。

「自殺ではなかったとして……じゃあこれはなんだ？」

手にした「遺書」を佐脇に突きつける。

「遺書じゃなければ、これはデッチアゲの怪文書じゃないか！」

「自殺じゃなければ他殺、自殺だとすれば理由は不正への関与を求められたから……どっちに転んでも社長、あんたにとっては不都合なモノじゃないんですか？」

「ナニを言ってるんだ！」

思わず倉橋が怒鳴った。

「お静かに！」

別室から医師が顔を出して厳しい声で注意したので、佐脇は声のトーンを一段下げて続けた。

「四ツ木さんが亡くなってから発見されたので、便宜上『遺書』と呼んでいます。たとえ死ぬつもりがなくても、たまたま死ぬことになる前に怨《うら》みつらみを書いたものなら『遺書のようなモノ』『遺書に準じるもの』として扱っていいと思う。なのでここは、遺書かどうかというよりも、書かれた内容を吟味《ぎんみ》すべきでしょうな」

声を潜めた佐脇は、倉橋の手から「遺書」を取り上げると、文面に目を通した。

「鳴海港に面した空き地に建設予定の、独立行政法人の研究所ですが、業務内容は『特例的』なものとなる、と書いてありますな。多津江夫人の意向に沿った、多津江夫人の意図が強く反映されたものであることが、この遺書にもはっきり書かれている。『本件の特殊性に鑑《かんが》み』、土地の無償譲渡を何がなんでも実現せよと命じられたとも。本来公正であるべき公有財産の処分に『特殊性』が持ち込まれてはいかんでしょう」

倉橋は動揺しているが、当の多津江夫人はといえば、この期《ご》に及んでも他人事《ひとごと》のようにぽかんとしている。自分の名前が出ているのだが、その深刻さをまるで理解していないようだ。

「土地の無償譲渡についても『遺書』は触れていますな。『鳴海エンジニアリングの提案に応じて鑑定評価を行い』ともある。この場合の『鑑定評価』というのは……」

「それは私が話した方が判りやすいでしょう」

御堂瑠美が立ち上がると、佐脇の手から「遺書」をさっと取って、目を通した。

「ああ、この『鑑定評価』というのは、研究所が鳴海に出来た場合の、経済の活性化とか人の動きとか、雇用拡大の予測と評価についてですね。私、ここに来る前に県庁に寄って、県が作成した、研究所の誘致と開設に伴う経済効果についての、予測報告書を貰ってきたんですけど」

瑠美は自分のバッグから製本された書類を取り出した。

「これは一般に公開されているものですが、地元マスコミを含めて、ほとんど誰も話題にしませんでした。けれども……私のような経済の専門家から見ると、おかしなことばかり書いてあります。数字の辻褄《つじつま》が合わないんです。たとえば研究所が出来ると鳴海の景気が一気に上向き求人倍率も急上昇、賃貸《ちんたい》物件が不足して商店街は活況を呈《てい》し、その経済効果たるや鳴海一地域にとどまらず、我が県全体を潤すと……ウソですよね。まるで根拠がない」

　瑠美は、キッパリと断言した。

「この嘘八百の報告書を作成したのは、四ツ木さんです。そして基礎データを提供した人物こそが、鳴海エンジニアリングの谷口保彦氏……ここにクレジットされていますね」

　瑠美は、どうだ恐れ入ったか、と言わんばかりの表情で一同を見渡した。

「これの意味するところは皆さん、もうお判りですよね？」

「要するに研究所が出来さえすれば何もかも上手く行くんだから、県や市の財産である土地をタダでくれてやってもかまわん、誘致しよう！　と最初からその結論ありきで、県議会や県民を納得させるために数字を盛りまくったってことか？」

　佐脇が首を傾げながら言った。

「おれ、高卒で、成績もよくないし、頭も悪いからよく判らねえんだけど」

　白々しく言う佐脇に倉橋が激昂した。

「いやいや、絶対にそんなことはない！　君、いい加減なことを言うのはやめたまえ！」

　威圧的な態度を取っているが、その爪先《つまさき》は苛立ったように床を叩き続けている。

「谷口が提供したデータは、ウチがきちんと調べ上げて、スーパーコンピューターも使って、確実な予測をしてはじき出したものだ」

でも、と瑠美がそれに反論した。

「この評価書には、国からの補助金や助成金、税金の減免などの見込みが書かれていますよね？　見て下さい。大変な金額ですよ。建設費のほぼ全額に相当します。これを合算すれば、県も市もまったく出費をせずして大きな黒字になり、今後も県や市の税収に貢献をし続けて、最終的には地方交付税交付金に頼らなくてもいい健全財政を目指せると。そんな旨い話が本当かどうかは別として、要するに、最初から補助金と助成金ありきのプロジェクトであることは明白ですね？」

そこで佐脇は瑠美から「遺書」を奪い取って読み上げた。

「このいわゆる『遺書』にはこう書いてあるぞ。『地方振興という美名の元に、鳴海エンジニアリングは、建設利権に付随《ふずい》する巨大な利益を独占しようとしている。そのために県から国政にまで広がる人脈を駆使し、役人による「忖度」を活用して、国の独立行政法人である研究所と、その付帯施設を鳴海に誘致するべく建設文教行政を巧みに誘導し、国の政策レベルで決定させ、巨額の補助金や助成金を、言わば結納《ゆいのう》金のように用意させる剛腕を発揮した』と」

「それが我が社の仕事だ。それの、何が悪い？」

倉橋が、開き直った。

「例えば君たち、弁護士の仕事をどう思う？　クライアントの依頼に沿って、犯罪を犯した悪党の無実を主張し、悪徳企業を擁護《ようご》し、勝訴するためにどんな手でも使う。マスコミだって操作する。たとえ弁護士本人が腹の中で『コイツが犯人だ』と思っていても、受任した以上はクライアントの立場になって、粛々《しゅくしゅく》と任務を遂行《すいこう》する。ハッキリ言えば、弁護士にとって真実の探求なんかどうでもいいんだ。クライアントの利益になれば、自分の仕事も増える。弁護士は昔、代言人《だいげんにん》と呼ばれ、ニセモノを三百代言《さんびゃくだいげん》と呼んだが、昔の名称の方が弁護士の仕事を身も蓋《ふた》もなく表している。それと同じだ」

倉橋は勝ち誇ったような表情で、一同を見渡した。

「研究所が出来た結果、この県がどうなるかは我々の関知するところではない。私の仕事は利潤《りじゅん》を上げることだ。私は株主と、事業の関係者に対してのみ責任を負っている。我が社が儲かって利潤が出て会社が黒字になり株主が喜べばいいし、この事業の関係者が満足すればいい。このプロジェクトを推進した県知事夫人、そして応援してくれた政権幹部の顔が立ち、納得して満足すれば、それでいいんだ。我々は、我々の仕事を果たしたんだ。税金が有効に使われたかどうかは会計検査院が判断することであって、あんたらにどうこう言われる筋合いのものではない」

「ついに本音をぶっちゃけたか。税金を食い物にするこのシロアリが！」

佐脇は呆れた。

「あんた、講演で綺麗ごとを言ってたじゃないか。地域振興とか地域の再活性化とか地方の人材の活用とか、アレは、ウソか方便か、それともタダのお題目か？」

「そんなことはない。ちょっと考えれば判ることだ。まったくゼロだったところに新たな施設が出来るんだ。そこでは常時人が働き出入りしている。その施設を維持するために清掃、警備などの新たな雇用も生まれる。それは確かなことだ。ゼロのところに新たな需要が生まれるんだ。まさに地域の再活性化じゃないか。そうだろう？」

「……倉橋社長の主張は、倉橋社長の立場に立てば、その通りだと思います」

御堂瑠美が言った。

「あんたなあ、どっちの味方なんだ？」

「私は……どっちの味方でもありません。論理的に物事を見ているだけです」

佐脇の突っ込みに、瑠美は当然のような顔で答えた。

「どっちか旗色《はたいろ》のいい方につく気マンマンなくせに」

「あら。それって非難されることでしょうか？」

なおも瑠美は平然としている。

「しかし倉橋さんよ。これが表に出れば、あんたの政商としての動きがモロバレになるし、あんたに動かされた県や市、そして中央官庁の関係者や政治家が芋《いも》づる式にやり玉に挙がるぞ。そのへんは判ってるのか？　けっこうな政治スキャンダルになると思うけどな」

「それが何だと言うんだね？　この程度の話は日常茶飯事《さはんじ》だろ。これくらいの忖度は当たり前じゃないか。君らだって、上司には媚《こ》びへつらい、上司の機嫌を損ねないように先回りして考えるんじゃないか？　秀吉《ひでよし》の草履《ぞうり》の話だってあれは立派な忖度だろ！　違うか？　優秀な部下ほど忖度に長《た》けてるもんじゃないのか？」

ええ？　と倉橋は一同を睨みつけた。

「みんな権力者の顔色を窺《うかが》ってビクビクしてるんだ。権力者がバカだと、余計にな」

「そのバカな権力者を煽《おだ》てて持ち上げるから余計にバカが図に乗るんだろうが？」

佐脇の煽りを倉橋は鼻先で嗤《わら》った。

「権力に縁のない連中の考えそうなことだ。シモジモは、なんとでも言えるさ」

「しかし、そのシモジモから見ると、あんたには不利な材料が揃ってきたとは思わないか？　今回の研究所の誘致に関して、オタクの側の責任者の谷口さんと、県側の担当者の四ツ木さんの両方が命を狙われた。谷口さんはクスリを盛られて事故に遭《あ》い、危《あや》うく死ぬところだった。四ツ木さんは死んでしまって今のところは自殺とされている。どう見ても口封じだと、シモジモとしちゃそう思うぜ。鳴海エンジニアリングと県、両方の担当者を葬《ほうむ》れば、決定的な情報は出てこなくなるし、悪いことは全部、この二人になすり付けてしまえばいい。死人に口なしってやつだ。あんたがバカにする、シモジモの日本国民はこれをどう考えますかね？」

「そんなものはどうでもいい。所詮シモジモの下世話な考えだ。あくまで風評だ。噂とか憶測の域を超えない。直接的な証拠がどこにある？　あんた、言葉に気をつけろ。名誉毀《き》損《そん》で訴えてやるぞ！」

「確かにな。倉橋さん、あんたの言うとおりだ。この件には直接的な証拠はない。ある筈がない。重要な局面ではすべて『忖度』、つまり阿吽《あうん》の呼吸で物事が決められている。口頭でのアレコレはあったにしても書類的には残っていないだろうし、動いた金も表に出せる補助金だけ、あんたそう思っているだろう？　だが、心証としては、真っ黒ですわな」

「だから！　そんな印象というか感覚だけでモノを言って貰っては困る。心証だけで逮捕状が取れますか？　起訴出来ますか？　公判が維持できますか？」

いかにも余裕がありそうに構えている倉橋だが、湛《たた》えた笑みは引き攣り、額には汗が滲んでいる。

佐脇は、病室なのにタバコを取り出して、平然と火を点けた。

「ねえ、ちょっと考えてみてくださいよ、倉橋さん。権力者ってヤツは世間の風向きとか、てめえの旗色がいいか悪いかに異常に敏感だよねえ。万が一、風向きが変わり旗色が悪くなったらどうする？　悪くしたヤツを見つけ出してトカゲの尻尾切りをして保身を図るのが常ってもんじゃないの？　全部自分が悪うございましたと責任取って、潔《いさぎよ》く辞める権力者なんざ、おれは見たことねえけどな」

佐脇はそう言ってニヤリとした。

「特に、今現在の最高権力者って、おれが生きてきて知ってる中では一番、往生際《おうじょうぎわ》が悪そうだぜ？」

「だ、か、ら」

倉橋は佐脇に噛んで含めるような口調で言った。

「君が言っていることは、すべて印象だ。『感じ』だ。空気だ。日本人は空気に弱いと言われているが、全くその通りだ。君、もっと論理的にならなきゃいかんよ」

「論理的、ですか。では申しましょうか」

佐脇は立ち上がって、安物のスーツの上着を脱ぎ、汚れが取れきっていないワイシャツまで脱いだ。

佐脇の肉体には、顔面に負けず劣らず生々しい打撲《だぼく》の跡が幾つもあった。

「実はね、昨夜、鳴海港で襲われましてね。なかなか手強《てごわ》かったけど、本気になったおれの怖さを、相手の男は知らなかった」

そこで佐脇は不敵に笑った。

「そしてその男は、四ツ木さんが亡くなった、その同じ日に、この病室に忍び込んで谷口さんの生命維持装置を切った人物だった。立派な殺し屋だ。それで、ここからが肝心なところだ。よく聞いてくれ、倉橋さんよ。おれはその殺し屋を締め上げて、誰に雇われたか口を割らせたんだ。鳴海港の岸壁にガンガン頭をぶつけてやったから、今はこの病院に入ってて昏睡《こんすい》状態らしいがな」

　そこで扉が開き、隣室から医師が顔を見せた。

「あの患者さん、そういうことだったんですか……警官がつきっきりだから、普通じゃないとは思いましたけどね」

「容態はどうです？」

「頭部陥没《かんぼつ》骨折ですから……相当の重傷ですよ。まだ昏睡状態です」

　命に別状はありませんが、と言って、医師は扉を閉めた。

「ほらね。おれはウソは言ってない」

　佐脇は余裕の笑みを浮かべた。

「そこでだ」

　佐脇は獲物を追いつめる猛獣のように目を光らせた。

「その殺し屋、意識を失う前におれにゲロッたんだ。なんて言ったと思う？」

　佐脇はそう言って半笑いの表情で倉橋に迫った。

「おれを殺せと命じた雇い主について、な」

　佐脇はなかなか次のひと言を言わない。

「谷口に睡眠薬を飲ませて事故を起こさせたヤツ。四ツ木さんを自殺に見せかけて殺させたヤツ。おれたちの捜査車をつけ回させたヤツ。そして、昨夜おれを襲って殺させようとしたヤツ。これ、みーんな同一人物だとそいつはゲロった。さあ、それは誰か?」

一同の目が、倉橋に集まった。

「ええい、くそう!」

そう叫んだ倉橋は、佐脇から「遺書」を引ったくると、病室から駆け出した。

「おい待て!」

和久井が反射的に追いかけた。

「待てと言われて待つヤツはいないけどな」

そう言いつつ、佐脇も追った。

「あの社長、追い込まれて何をするか……佐脇さん、追い込みすぎたんですよ!」

走りながら和久井に非難された佐脇だが、「黙れ小童《こわっぱ》!」と怒鳴り返した。

「おれにはおれの魂胆《こんたん》があるんだ!」

階段を駆け下りると、倉橋は紺色のBMWに乗り込んでエンジンをかけるところだった。

おい、と言われた和久井はスマホから県警本部《キンパイ》に電話を入れた。

「こちら鳴海署刑事課和久井です。車両の緊急配備を願います。ナンバーは……」

倉橋のBMWが国見病院の駐車場から出ていくのを、病院の外に居たマスコミのカメラが一斉に追った。

「あの『遺書』な、あれは、ニセモノだ」

佐脇はあっさりと言った。

「フェイクだ。おれが捏造《ねつぞう》した。四ツ木さんが奥さんに宛てた結婚前の熱烈ラブレターを参考に、筆跡を真似させて、倉橋への怨みツラミを延々と書き綴《つづ》ってやった」

と得意そうに言ってけけけと笑った。

「その筋のプロに作らせたから、筆跡鑑定をしてもたぶん、見抜けないだろう」

「それは……なんでまた」

目を丸くして驚く和久井に、佐脇はニヤリとして言った。

「やつらが公文書を改竄するなら、こっちは捏造で対抗する。倉橋が逆上することも計算した。本物ソックリだけど、あれにはなんの証拠能力もないし、倉橋が持って逃げても、まったく意味もないんだがな。だって、あの『遺書』は同じモノが幾つもあるんだから」

と、佐脇はスーツの内ポケットから「遺書」を取り出して見せた。

「同じモノを多津江夫人にも送ってある。さてあの県知事夫人がどう使うか……」

佐脇はその「遺書」を和久井に渡すと、警察車両のドアを開けた。

「あ。どちらへ？　自分、運転します」

そう言った和久井を佐脇は押し止めた。

「倉橋を追う。これはおれの仕事だ」

「いやそれは、もう緊急配備の手配をしましたし……」

「だからおれが追うんだよ！」

佐脇は声を荒らげた。

「とにかくだ。お前は未来のある身だ。おれがやる」

そう言い捨てた佐脇は、車に乗り込んだ。

「佐脇さん、もう、甘い汁を吸う気はなくなったんですね？」

念を押されたように和久井に訊かれて、そうだな、と応じた。

「ちょっとな、甘いモノを食い飽きた。しょっぱいものを食べて中和させねえとな」

佐脇はそう言うと、車を急発進させた。

「鳴海3から本部どうぞ」

佐脇はハンドルを握りながら警察無線を使った。

「先ほど緊急配備した濃紺のＢＭＷ、進行方向を教えてくれ」

『鳴海3、こちら本部。その車両は現在、国道バイパスを北上中』

「了解」

佐脇が車を国道バイパスに向かって走らせると、数台のパトカーの前方に濃紺のＢＭＷ

が現れた。もはや袋のネズミか。

「チョロいな。おれが料理してやる」

パトカーを追い越すべくアクセルを踏み込んだその瞬間、下腹部に激痛が走った。

その痛みはみぞおちから脇腹に広がり、息をするのも苦しいほど、急激に悪化した。

「なんだこれは……」

以前から何度も感じていた痛みとはまた違う気がした。強烈に痛い。しくしくするような生やさしいものではなく……まるで内臓を鷲掴《わしづか》みにされるような、直接的な痛み。

胃か？　胃痙攣？

いや、これは……心臓？　狭心症《きょうしんしょう》とか、いや大動脈解離とか？

たちまち顔に脂汗が滲んできた。

身体を折り曲げたいほどの痛み。しかし身体を折り曲げると運転が出来なくなる。

「ええい、くそう！」

佐脇は声を上げて自分を鼓舞《こぶ》した。

アクセルを踏み込むと同時にこれ見よがしにパトライトを点灯させ、サイレンも鳴らした。

前を走るＢＭＷとの車間距離が一気に縮む。

佐脇はライトをパッシングさせ、クラクションもパパパパーッと連打した。

ＢＭＷは慌てたようにスピードを増した。倉橋がバックミラー越しにこっちを注視したのが判った。

倉橋は逃げることを選んだ。通常ならここで諦める。減速して路肩に寄せ停車するものだが、倉橋はアクセルを踏んだのだ。

「そうとも。そうこなくちゃな！　こうなったら……こうなったらおれは」

佐脇の車は追突しそうなほどにＢＭＷを追い上げ、車間を詰めた。倉橋が少しでもブレーキを踏んだ瞬間、激突するくらいにぴったりと寄せた。

倉橋は加速して離れる。佐脇がそれを追ってなおも車間を詰める。

公式の捜査車両で追尾している以上、なんでもアリだ。

倉橋の焦りがハッキリと判る。佐脇は叫んだ。

「こうなったらおれは、お前と心中してもいいと思ってるんだ！　法律で裁けないんならな！」

早くて一カ月との余命宣告を自分は聞いてしまった。うんざりするような検査に入院、マズい飯、ひょっとしたら一回では済まない手術。そんな目に遭うくらいなら、逮捕されてもどうせ死刑にはならない倉橋を道連れに、華々しく鳴海の路上に散ってやる。佐脇はそう決心していた。

他のパトカーは困惑したように減速し、バックミラーの中で小さくなってゆく。

警察無線が鳴ったが、佐脇はスイッチを切った。どうせ無理な追跡はするなとか、追跡は交通課に任せろとか言ってくるんだろう。

そんなものは無視だ。

だが痛みはいっこうに収まらない。額に大粒の脂汗が浮かび、顔に滴《したた》った。

それをぐいと腕で拭うが、汗は次から次に噴き出してくる。

「くそう……本当に、こんな時に……」

やがて、国道バイパスに自動車専用道入り口の表示が現れ、前方に進入路が見えてきた。

倉橋が乗るＢＭＷは、佐脇が追う国産セダンより加速もいいしスピードも出る筈だ。信号のない自動車道で一気に加速して差を広げ、逃げ果《おお》せようという魂胆だろう。

「そうは……させるか！」

佐脇は激痛を堪えて、倉橋を追跡し続けた。

その頃。国見病院の駐車場には、鳴海署の関係者が続々と集まっていた。光田刑事課長代理を始めとして刑事課長に交通課長、それにわざわざ鳴海署長までもが。

署長専用車から降りたった木崎署長は、まず和久井を怒鳴りつけた。

「おい和久井！　貴様、一体何をやっていた？　佐脇は何を考えてるんだ！」

「申し訳ありません！　佐脇さん、おかしかったです。なんかこう……特攻機に乗り込むみたいな感じで」

「イヤ署長、あの佐脇をコントロールするのはこの和久井には無理ですって」

横から光田が助け船を出した。

「なんのためにお前を佐脇に付けたと思っている？　息の根をとめるどころか暴走させおって」

そこに病院の本館から多津江夫人が現れた。鳴海署の面々のやり取りを注視していたマスコミが一転、彼女を目がけて殺到《さっとう》した。病院の敷地には入らないという取り決めを無視して、どっと入ってきたのだ。その先頭には磯部ひかるもいる。

「県知事夫人！　事態が大きく動いたようですが！」

ひかるがマイクを突きつけ、レンズが一斉に多津江夫人に集中し、ライトも点灯した。

多津江夫人はカメラとマイクに囲まれ、ライトを浴びて満面の笑みを浮かべた。

「なんだあの勘違い女は……まるでスター気取りだ」

脇で見ている光田は吐き棄てた。

そんな光田の反応など知るよしもなく、多津江夫人はマイクに向かって、少しも悪びれずに堂々と話し始めた。

「はい。いろいろと私の意図に反して物事が動いてしまい、お騒がせしていることを申し訳なく思います。つい先ほど、鳴海エンジニアリングの倉橋社長が、すべての責任は自分にあると言い残して病院を出ていかれたんです」

ええっ？　というどよめきが報道陣から起きた。

「すべての責任、というと？」

報道陣を代表するようにひかるが訊くと、多津江夫人は封筒を取り出した。

「これは、亡くなった県庁職員四ツ木さんから送られてきた、『遺書』です」

多津江夫人は封筒から便箋《びんせん》を取り出すと、カメラに向けて掲げて見せた。

その時、病院の中から少し遅れて御堂瑠美たちも出てきた。駐車場で始まった多津江夫人の記者会見を見た瑠美は驚きの表情を浮かべ、そして多津江夫人の手に「遺書」があるのを見て、もっと驚いた。多津江夫人は涙さえ浮かべながら喋り続けている。

「遺書は複数作られたようで、四ツ木さんは私だけではなく、奥様にも、すべての事情を書き残していました。私、四ツ木さんの遺書を読んで、泣いてしまいました」

多津江夫人は指先で目頭《めがしら》を押さえた。どうやら本当に涙ぐんでいるようだ。

「一体、どんなことが書かれているんですか！」

報道陣の興味は、明らかに自分に酔っている知事夫人よりも、遺書の文面に集中した。

「はい。四ツ木さんは私、私というのはこの私のことですが、私の教育に対する熱い思いを叶えるべく、鳴海エンジニアリングの谷口さんとともに、夜も眠らずに奔走《ほんそう》してくださっていたんです。その一部始終が、この遺書には書かれているんです」

ハンカチを取り出した多津江夫人は、涙声になった。

「私が思うに、こんな熱い思いを共有していた谷口さんと四ツ木さんが、自ら命を絶つとはとても思えないのです。幸い谷口さんは助かりましたが……お二人は誰かに殺されたのではないか、いえ、殺されそうになったのではないか、と」

「それは誰なんですか！」

報道陣から鋭い声が飛んだ。他殺なら遺書ではない、という矛盾《むじゅん》は多津江夫人の頭には浮かばないらしい。

「県知事夫人、お答えください。谷口氏と四ツ木氏の口を封じようとしていたのは、一体？」

「はい。それは私の情熱を誰よりも理解していたはずの、倉橋社長です」

報道陣はどよめき、木崎署長は頭を抱えた。

「あのクソ女……何を言ってるんだ！　こっちはいろいろ手筈を整えてるっていうのに」

「失礼ですが署長、今なんとおっしゃったので？」

光田が尋ねると、署長は、「だから」と声を荒らげつつ潜めた。

「警察的にだな、穏便《おんびん》に済まそうとだな、いろいろと配慮してるんだ。それはお前にも判るだろ！」

「ええとそれは、四ツ木さんの死を自殺と早々に断定したとか、ですか？」

「まあ、それもある。なのにあのKYなバカ女が……」

署長が頭を抱えているそのすぐ傍で、多津江夫人は悲劇のヒロインになりきっている。

「本当に、どうしてこんな不幸なことが起きてしまったのでしょう？　誰よりも私、この私が真実を知りたいと思っているんです。でも、事実を知ってしまった以上、私には隠し事が出来ません。私のハイアーセルフがそのように私に命じるんです。すべての運命がいい方向に向かうよう、私には祈ることしかできません」

多津江夫人は、完全に「いい人」モードになっている。

携帯用警察無線が鳴ったので、光田が短く応答して、結果を署長に伝えた。

「佐脇ですが、倉橋社長の車を煽って自動車道に追い込んだ模様です。誰が見ても煽り運転以外の何ものでもない、そういう運転を続けているようで……」

「あいつは……どういうつもりなんだ？」

署長の苦悩に満ちた顔を見て、和久井がハッとした表情になった。

「あの、思い出しましたが、佐脇さん、最近体調が良くないと言って、病院に行ってました。それが、もしかして」

「まさか……余命宣告を受けたとか？　まさかな」

光田はそう口にして、笑いに紛《まぎら》わせようとしたが、その顔は引き攣っている。

「おいおい……それはまさか、冗談だよな?」

「いえ、冗談ではないっす。佐脇さん、自分の死を悟《さと》って、自分にはもう余命がないと思って、自爆覚悟で」

「おいおいおいおい……それはお前、あまりにも」

光田は激しく狼狽《うろた》えた。

「……佐脇は、倉橋に制裁を加えるため煽りに煽って暴走させ、カーチェイスの末に死なばもろとも、心中覚悟で自爆の巻き添えにするつもり、だとか?」

「おおそれはお前、願ってもない……」

佐脇をなんとか取り除きたい署長は一瞬喜悦《きえつ》の表情を浮かべたが、署員たちに一斉に睨みつけられて黙った。自分以外の誰も、佐脇の死を願っていないことを肌で悟ったようだ。

光田が、人が変わったようにてきぱきと指示を飛ばした。

「和久井! 本部に連絡。佐脇は危険を顧《かえり》みない追尾を行っている。関連事故が起きる可能性も高い。事故を未然に防ぐべく、あらゆる手を尽くせ!」

「承知しました」

「自動車道を交通遮断《しやだん》しろ!」

交通課長も警察無線に向かって怒鳴った。

「流入を止めろ。今走行中の車両は全部退出させろ。それと、影響する部分をあんまり広げないためにも、進路妨害をする必要もあるだろう。どこかいい場所にトレーラーか何かを置いて、自動車道を塞げ」

「イヤしかし、それをやるとトレーラーにぶつかってしまうかも」

光田が言いかけると、署長が口を出した。

「構わん。最悪、そうなっても仕方ない」

「昔の映画で、そういうのがラストになるのがありましたなあ。アメリカン・ニューシネマ時代の一本で」

集まっていた警察関係者の誰かがそんなことを言い、「それは『バニシング・ポイント』だ！」という声もした。

「交通課長の指示に従うように！　以上だ！」

署長が鶴の一声を発し、光田以下の全員は署長に敬礼すると、一斉に乗ってきた車に戻り、署に帰っていった。木崎署長も帰ろうとしたところで、多津江夫人に呼び止められた。

「あら署長さん。警察の方にも聞いていただきたいの。こちらにいらして」

県知事夫人のご下命《かめい》を断ることもならず、木崎署長だけが駐車場に残り、報道陣に混ざって、多津江夫人のワンマンショーを聞く羽目《はめ》になった。

「ほんとうに……ほんとうに、何ということでしょう。私のために不幸な人が増えていくなんて。私は何も悪くないのに。心から、この県の皆さまの幸せを願っているだけですのに」

二台の車は追い越し車線を走っている。

佐脇の車の横には、走行車線のパトカーがぴたりと併走している。

警察無線にもスマホにも佐脇が応答しないので、パトカーに乗った警官は窓を開けて怒鳴った。

「佐脇巡査長！　止めなさい！　今すぐ、無理な運転を止めなさい！　事故になるっ！」

佐脇は左手を「あっちへ行け」とでも言うように振って、いっそうアクセルを踏み込んだ。時速はすでに一二〇キロを超え、一三〇キロに迫る勢いだ。

警察の誘導によって、自動車道からは他の車両が排除されている。とりあえず無関係な車両が巻き込まれ事故を起こす危険性はなくなっていた。

佐脇は痛みの中で独りごちた。

「この分じゃ……末路はカーブで曲がりきれずに壁に激突か、ハンドルがブレて蛇行《だこう》運転のあげく自損ってとこか……」

見たところ、倉橋のＢＭＷは安定して走行している。しかし佐脇の乗る国産セダンには嫌な振動が出始めている。

と、その時、爆発音と同時にハンドルが大きく右に持って行かれた。

咄嗟に力尽くでハンドルを左に切った。

ギャギャギャーッと悲鳴のような音を立ててタイヤが軋んだ。それでもなんとか車の安定が戻りかけたが……これはタイヤがパンクしたのだろう。それも、右前輪が。

しかしここで倉橋の車の追尾は中止できない。

「命がけなんだからな！」

佐脇は自分を鼓舞するように大きな声で独り言を言った。

身体の内部が焼けるように痛い。心臓なのか胃なのか大動脈なのか、それとも他の部位なのかまるで判らない。しかし、身体は悲鳴を上げ続けている。

冷や汗がどっと噴き出して、全身がずぶ濡れのようになっている。目にも汗が流れ込んでくるので、手で拭うとハンドルが疎《おろそ》かになる。

パンクするとスピードが出ない。しかし佐脇はアクセルを踏み込んで、無理矢理走り続ける。

「佐脇さん！　あんたは何を望んでるんだ！」

追ってきたパトカーから制服警官が怒鳴った。

「さて、おれは何を望んでるんだろうな？」

虚無的な答えしか浮かんでこないのが自分でも不思議だった。

「いやいや。一部の連中が好き勝手をして、それをまったく恥じていない、そういうバカ野郎をなんとかしたいんだ、おれは」

佐脇の身体は悲鳴を上げている。息をするのも苦しいほど、内臓の痛みは増している。喉が渇いて口の中はカラカラだ。それでいて、吐き気が込み上げてくる。

我慢できずに、佐脇は、吐いた。安物のスーツの前を汚したが、吐いたのは胃液だけだった。

「しかしこの痛みは、なんだ……」

心臓ならもう死んでいるはずだ。大動脈解離でも、もう意識不明になって、どこかに激突しているだろう。

胃なら、死なないか。じゃあ、胃か？　このまま倉橋を追い回せる。しかし、胃に穴が開いていてその出血で死ぬかもしれない。

そう思うと、不思議と意識は透明になった。

今はとにかく追跡している倉橋の車に集中しなければならないのに、窓外の景色がやけに美しい。沿道の緑がやけに目に染みる。クソ田舎の見慣れた鳴海の景色なのに、妙に美しい。

そんな事、今まで考えた事もなかったのに。

……きっとこれがおれの最後に見る光景なんだろう。

佐脇は、いっそうアクセルを踏んだ。

「これが、おれの答えだ。おれの遺言だと思え！」

と、その時。

自動車道の合流口から、のろのろと軽トラックが上がってきた。警察が侵入を止められなかったか、無理矢理入ってきたのだろう。しかも相手は本線上にいるこちらの存在に気づいていないようだ。

「どこのクソジジイが運転してやがるんだ！　死ね！」

と怒鳴ったが、仕方がない。

佐脇は急ブレーキを踏むしかない。しかし、パンクしたタイヤで急制動をかけるのは危険だ。

あっと思うと、車の右前方が沈み込み、次の瞬間に天地が逆になった。

佐脇の乗った車が一回転して、ギャギャギャギャーッという激しい音を立てながら、屋根で道路を滑った。こうなるとブレーキがないから、運を天に任せるしかない。

「こんな死に方、最低だぜ！」

佐脇は喚いた。

中央分離帯か防音壁に激突してぐしゃぐしゃになって、死ぬんだろう……。

しかしフロントガラスを通して、前方の倉橋の車はもっと危険な状況なのが見えた。倉橋のＢＭＷは軽トラックとの距離が無い。今にも接触しそうになり、かろうじて急ハンドルで避けた。かに見えたが、両者は接触していた。

直進してきた軽トラに対し、急ハンドルを切った。スポーツタイプのＢＭＷは車のバランスを崩して、弾かれた。

高性能なＢＭＷも一三〇キロのスピードで後方から追突されてはひとたまりもない。弾かれたようになって車の安定が失われたと思った次の瞬間、ＢＭＷは中央分離帯に乗り上げて、宙を舞った。

ＢＭＷはそのまま左に飛ばされて、遮音壁もない空間を、自動車道の外に消えていった。

佐脇の車はひっくり返ったまま、やっと停止した。

車の窓から這い出して、ＢＭＷの行方を見定めようとした。

ここは高架になっている。

咄嗟にガードレールに駆け寄り下を見下ろしたその時に激しい金属音がした。

倉橋のＢＭＷは自動車道と立体交差する県道に落下していた。

反転して屋根から落ち、轟音《ごうおん》とともに路面に激突したＢＭＷは、数秒遅れて火を噴いた。

黒煙とともに噴き上がるオレンジ色の炎に目をすがめつつ、佐脇はオフにしていたスマホの電源を入れ、消防に連絡した。

「自動車事故発生！　鳴海自動車道から一般県道に落下した乗用車が大破して炎上！　大至急……」

そこまで言ったところで、佐脇自身が崩れ落ちた。

激痛のあまり、立っていることも出来ず、全身の力が抜けて自動車道に膝をつき、そのまま身体を丸めてウーウーと唸《うな》ることしか出来なくなってしまった。

エピローグ

佐脇は、ベッドの上で意識を回復した。

顔は酸素マスクで覆われ、下半身には導尿管《どうにようかん》がつき、腕には点滴が刺さっている。

「胆嚢摘出手術は無事、成功しました」

谷口の病室で会った医師とは別の医師が、淡々《たんたん》と結果を教えてくれた。

「お腹に四箇所小さな穴を開けて行う腹腔鏡《ふくくうきょう》手術は成功して、経過も良好です。胆嚢が、かなり激しい炎症を起こしていたので、手術としては少し厄介《やっかい》でしたが」

「そんな難しい手術、よくここの病院で成功したな」

佐脇は憎まれ口を叩いた。

「次に取る時は大学病院に回してくれ」

「ご心配なく。胆嚢は一コしかないので、もう取れません」

冗談が判るのか判らないのか、若手から中年に移行する途上の年代に見える医師は、

「では」と言って去っていった。

「すると……てっきりおれは死ぬと思ってたのは、完全な勘違いだったのか……」

「そのようですね」

聞き覚えのある声がしたので、佐脇はビクッとした。

視界に、細面《ほそおもて》で中肉中背《ちゅうにくちゅうぜい》の、銀縁眼鏡《ぎんぶちめがね》の男が入ってきた。

「あっ！　弦巻！」

「これはこれは佐脇さん。よく覚えていてくださいました」

「忘れるものか。あの船ではいろいろあったんだから」

弦巻は省略せずに肩書きを言えば警察庁の、警察庁刑事局組織犯罪対策部組織犯罪対策企画課犯罪収益移転防止対策室室長。豪華客船の事件では協力して事件を解決した仲だ。

「他ならぬ佐脇さんが絶体絶命の危機だと聞いて、駆けつけた次第です」

「最初に相談した時は木で鼻を括《くく》ったような対応だったくせに」

佐脇はそっぽを向いた。

「あの時はたまたま忙しかったのです。しかし私はすべての仕事を放り出して、こうして東京から駆けつけたんですよ。その誠意はご理解いただかないと」

「見舞いはあんただけか？　女たちは居ないのか？」

「見たところおりませんねえ。磯部さんはニュースで使う映像を編集中で忙しい、千紗さんは大きなパーティの仕事が入っていてこれまた忙しい、御堂瑠美さんは、お見舞いをする義理を感じないとのことで」

「利にさとい女は薄情ということですな」

佐脇はガックリしているが、弦巻は気に留める様子もない。

「では、いろいろ気になるでしょうから、佐脇さんが自動車道からこの病院に担《かつ》ぎ込まれて手術して目が覚めるまでの三日間に起きたことをかいつまんでお話ししましょう」

いつの間にまとめたのか、弦巻は一枚のプリントを佐脇に渡した。

「麻酔が覚めたばっかりなんだ。口で説明してくれ」

「了解しました。では。……まず、倉橋社長は事故死しました。キーマンである倉橋社長が亡くなったことで、一連の事件の捜査は行き詰まって、事実上の凍結状態です。独立行政法人の研究所の新設話は、白紙撤回《てっかい》されました。建設準備中だった施設は、工事が中断されて、このままだと未成のまま放棄されることになるやもしれません」

「それはそれでもったいないことだな……って、工事自体、ほとんど進んでなかったよな？」

「そうですね。計画は進んでいましたが、物理的な工事は着手寸前の段階でした」

「じゃあ、悪党どもはどうなった？」

「はい。一方の悪の当事者である政治家側は全員が安泰《あんたい》です。県知事も市長も、一連の口利きをした政府関係者も政府要人も、そしていわゆる最高権力者も。しかしながら、二人が亡くなり、疑惑が表面化したことで、明らかに政権のパワーはダウンしており、直近の世論調査では内閣の支持率は三〇%を切りました」

まだ三割もあるのかよ、と佐脇は溜息をついた。

「なかなかしぶとい」

「それと……御堂瑠美さんの特別授業のあとの乱痴気パーティに関わる件ですが、これはいろいろありました。セクハラ被害に遭ったコンパニオン側は、仕事上のことだから我慢すると不問に付そうとしたのですが、コンパニオンの中に未成年なのに年齢を誤魔化して仕事をしていた女性がいたことが一部マスコミに報じられました。その報道で、県会議員の石田氏の奥さんが離婚訴訟を起こすと言い始め、もう一人の県会議員・赤西氏は『我々はハメられたのだ』とブログやツイッターに書きまくって開き直ったのですが、逆に世間の顰蹙《ひんしゅく》を買って大炎上。赤西議員の愛人までがカミングアウトして、テレビのワイドショーであることないこと暴露して、もはやどうしようもないパイ投げ状態です」

それを聞いた佐脇は大笑いしてイテテと手術痕を押さえた。

「しかしそれだと、千紗が心配だな」

「県議会議員の騒動で、コンパニオン側の件は忘れ去られたも同然です」

それは大変結構、と佐脇は頷いた。

「御堂瑠美さんは、新研究所の設置が当面なくなったので、新ポストが得られず、現状維持で、蛍雪大学の非常勤講師のままです」

「大学を馘にならなかっただけで御《おん》の字だろ」

「しかし御堂瑠美さんは今回の事件の解説でテレビに出まくって、注目を浴びてます。東京のニュース番組の準レギュラーが決まったようですよ」

「アイツはバカだけど美人だからなあ。美人は強いよな」

「現実とは身も蓋もないものです」

そこに、和久井が飛び込んできた。

「すみません！　遅くなって。手術が終わって目が覚めるまでにはと思ったんですが」

和久井はそう言いながら不審そうに弦巻を見た。

「ワタクシ、弦巻と申します。警察庁の……」

「肩書きは寿限無みたいに長々しいからカットだ」

佐脇が割って入る。

「サッチョウの弦巻先生に、目下《もっか》の情勢を伺っていたところだ」

佐脇さんを宜しくお願いします、と和久井は弦巻に頭を下げた。

「まあそういうわけだ。手術は成功して、おれは死なないことになった。まだまだおれは悪事を働くぞ！　遺言は撤回だ」

「遺言なんてありましたっけ？」

和久井がそう言って不審そうに佐脇を見ると、佐脇は「なかったっけ？」と苦笑いをして誤魔化した。

「ところで、一つ大事なポイントがありますが、よろしいでしょうか？」

弦巻が口を挟んだので、佐脇は面倒くさそうに「どうぞ」と言った。

「ではお言葉に甘えまして。佐脇さんは手術後、寝言で『おれの余命は一カ月』と言っていたと看護師に聞きましたので主治医の他、関係者に聞いてみた結果、誰も佐脇さんの余命について話していないことが判明しました」

「いやしかし……おれは確かに聞いたんだぞ」

「主治医の清水先生のお話では、病院のＭＲＩに不具合が起きていて、その交換工事の日取りについての話をした記憶はあるとのことでした。ここから推測するに、その話を小耳に挟んだ佐脇さんが、勝手に自分の余命と信じ込んだのではないかと」

弦巻が立て板に水の推理を披露すると、佐脇はバツが悪そうに黙ってしまった。

「この手術も、胆嚢除去という命にかかわるものではないので、手術が成功して死なないことになった、という御発言はいささか正確を欠いたものではないかと思われますね」

「まあとにかく」

佐脇は話を強引に変えた。

「今回の件では倉橋からカネをせしめることは出来なかったな」

「袖の下をとるどころか、佐脇さんの名前は中央政界のブラックリストに載ってしまいましたよ。警察庁の私が言うんだから間違いありません」

「そいつは困ったな」

佐脇が茶化すように言った。しかし、その顔は満足そうだ。

「ま、なんというか、これがおれだ。忖度なんか出来ねえし、ゴマもすれないし尻尾も振れねえ。和久井。お前もこういう結末がイヤなら、おれを見習うなんて言うな」

佐脇は、若い弟子に言い放った。

しかし和久井はにっこりと笑った。

「いいえ、自分は見習いたいです。だからこそ佐脇さんを師匠にしたいんです」

「あ？ お前も相当ひねくれてるな。これで出世の道は断《た》たれたんだぞ」

いいんです、と和久井は頷いた。

「カネを受け取って悪事に見て見ぬフリをするだけなら、他の悪い連中にくっつけばいいだけです。だけど自分は、ワルに徹することが出来ない佐脇さんだからこそ、弟子になりたいんですから」

佐脇は起き上がろうとした。

和久井が慌ててベッドを操作して、上半身を起こせるようにした。

するとと、佐脇の手が伸びて、和久井の顔にまだ貼ってある絆創膏を、一気にベリッと剝《は》がした。

「なんだ。もう治ってるじゃねえか。今ここで正式に、お前を弟子にしてやる。弦巻さんが立会人だ」

そう言われた弦巻は丁寧に一礼した。

「たしかに、ワタクシ弦巻左近四郎、立ち会いました」

「ところで師匠。師匠を鳴海港で襲って返り討ちに遭って頭部陥没骨折で、意識不明の殺し屋ですけど、師匠にナニを白状したんですか？　あの話の流れだと……」

「いや、実は何にも」

「はぁっ？」

シレッとした佐脇に、和久井は目を丸くして驚いた。

「じゃああれは、ウソ？」

「ウソはついてねえよ。おれがウソをつく寸前で倉橋が逃亡したんだから」

「……さすがは師匠」

和久井は再度驚いた。

「こんなおれでもいいのか？」

もちろんです、と和久井は右手を出した。

「じゃあ、よろしくな！」

佐脇と和久井が握手をして、師弟関係が結ばれたところに、磯部ひかると千紗がフルーツや缶詰などを盛ったバスケットを持ってやってきた。

「佐脇ちゃん、また署長が辞めたってよ！」

「そうか！　そいつは気の毒したな！」

などとワイワイやっていると、カーテンの向こうから「うるさい！」という声が飛んだ。

「ごめんね、相部屋で。お金がなさそうだったから、一番安い部屋にしたの」

千紗が申し訳なさそうに言った。

「弦巻さんよ、見舞いというかお慶《よろこ》びというか、そういう名目で、差額ベッドのカネ、寄付する気ない？」

「そうですね。先ほどお医者さんに伺ったら、早くて四日後の退院だそうですから、まあそのくらいなら差額ベッド代をお出ししてもいいですよ」

「だったら私も出すからいい個室にしましょう。今回の件で局長賞を貰ったので」

ひかるが言った。

「あ……あたしは何にも出来ないかあ」

千紗が目を伏せたので、佐脇が「お前には任務を与える」と言った。

「毎日顔を見せにこい。それだけでいい」

「と言っても、四日後には退院するんですよね」

和久井がいいムードをぶち壊しにして大笑いになり、またカーテンの向こうから「うるさい！」と怒鳴られてしまった……。

参考資料

『人でなしの経済理論』ハロルド・ウィンター著　山形浩生訳　二〇〇九年　バジリコ

『地方創生大全』木下斉著　二〇一六年　東洋経済新報社

悪漢刑事の遺言

一〇〇字書評

切り取り線

購買動機（新聞、雑誌名を記入するか、あるいは○をつけてください）

□（　　　　　　　　　　　　　　　）の広告を見て
□（　　　　　　　　　　　　　　　）の書評を見て
□ 知人のすすめで　　　　　　　□ タイトルに惹かれて
□ カバーが良かったから　　　　□ 内容が面白そうだから
□ 好きな作家だから　　　　　　□ 好きな分野の本だから

・最近、最も感銘を受けた作品名をお書き下さい

・あなたのお好きな作家名をお書き下さい

・その他、ご要望がありましたらお書き下さい

住所	〒				
氏名		職業		年齢	
Eメール	※携帯には配信できません		新刊情報等のメール配信を 希望する・しない		

この本の感想を、編集部までお寄せいただけたらありがたく存じます。今後の企画の参考にさせていただきます。Eメールでも結構です。

いただいた「一〇〇字書評」は、新聞・雑誌等に紹介させていただくことがあります。その場合はお礼として特製図書カードを差し上げます。

前ページの原稿用紙に書評をお書きの上、切り取り、左記までお送り下さい。宛先の住所は不要です。

なお、ご記入いただいたお名前、ご住所等は、書評紹介の事前了解、謝礼のお届けのためだけに利用し、そのほかの目的のために利用することはありません。

〒一〇一-八七〇一
祥伝社文庫編集長　坂口芳和
電話　〇三（三二六五）二〇八〇

祥伝社ホームページの「ブックレビュー」からも、書き込めます。
http://www.shodensha.co.jp/bookreview/

祥伝社文庫

悪漢刑事《わるデカ》の遺言《ゆいごん》

平成30年 6 月20日　初版第1刷発行

著　者　安達《あだち》　瑶《よう》
発行者　辻　浩明
発行所　祥伝社《しょうでんしゃ》
東京都千代田区神田神保町3-3
〒101-8701
電話　03（3265）2081（販売部）
電話　03（3265）2080（編集部）
電話　03（3265）3622（業務部）
http://www.shodensha.co.jp/
印刷所　萩原印刷
製本所　積信堂
カバーフォーマットデザイン　芥 陽子

 ISBN978-4-396-34426-9 C0193

〈祥伝社文庫　今月の新刊〉

島本理生
匿名者のためのスピカ
危険な元交際相手と消えた彼女を追って離島へ――。著者初の衝撃の恋愛サスペンス！

大崎　梢
空色の小鳥
亡き兄の隠し子を引き取った男の企みとは。家族にとって大事なものを問う、傑作長編！

安達　瑶
悪漢《わる》刑事《デカ》の遺言
地元企業の重役が瀕死の重傷を負った裏側に"忖度"と金の匂いを嗅ぎつけた佐脇は――

安東能明
彷徨《ほうこう》捜査　赤羽中央署生活安全課
赤羽に捨て置かれた四人の高齢者の身元を捜せ！　現代の病巣を描く、警察小説の白眉。

南　英男
新宿署特別強行犯係
新宿署に秘密裏に設置された、個性溢れる特別チーム。命を懸けて刑事殺しの闇を追う！

白河三兎
ふたえ
ひとりぼっちの修学旅行を巡る、二度読み必至の新感覚どんでん返し青春ミステリー。

梓林太郎
金沢　男川女川殺人事件
ふたつの川で時を隔てて起きた、不可解な殺人。茶屋次郎が、古都・金沢で謎に挑む！

志川節子
花鳥茶屋せせらぎ
初恋、友情、夢、仕事……幼馴染みの少年少女の巣立ちを瑞々しく描く、豊潤な時代小説。

喜安幸夫
闇奉行　押込み葬儀
八百屋の婆さんが消えた！　善良な民への悪行、許すまじ。奉行が裁けぬ悪を討て！

有馬美季子
はないちもんめ
やり手大女将・お紋、美人女将・お市、見習いのお花。女三代かしまし料理屋、繁盛中！

工藤堅太郎
斬り捨て御免　隠密同心・結城龍三郎
隠密同心・龍三郎が悪い奴らをぶった斬る！　役者が描く迫力の時代活劇、ここに開幕！

五十嵐佳子
わすれ落雁《らくがん》　読売屋お吉甘味帖
読売書きのお吉が救った、記憶を失くした少年――美しい菓子が親子の縁をたぐり寄せる。